陸天遙事件簿

3 天天念念，遙遙無期

尾巴——著
ALOKI——繪

人物介紹

陸天遙

20歲的俊美青年，一身黑衣，
圖書館的管理者，是陸天期的兄弟。

陸天期

20歲的俊美青年，一身白衣，
圖書館的管理者，是陸天遙的兄弟。

和子

18歲美麗女孩，穿著紅色旗袍，有著美麗紅唇，為圖書館前管理者，
在屬於自己的書籍完成後便離奇消失，連同書籍也不見。

藍小雙

有悲慘的過去，但為了孩子堅持下來。

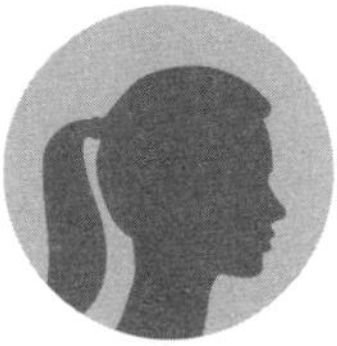

藍小築

有悲慘的過去，但為了孩子堅持下來。

藍小成

有悲慘的過去，懼怕別人拋下自己。

老師

無心教的領導者，標語是《天天念念，遙遙無期》。

目次

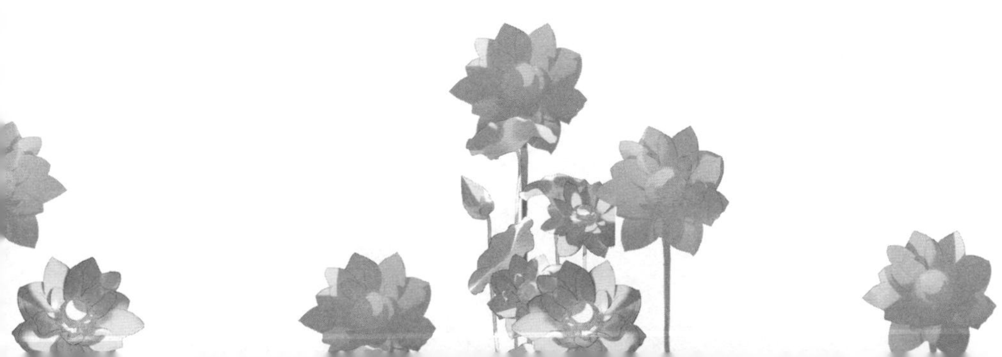

第一章

管理的時間

終於找到了他們的書。

就在二樓的櫃子上。對此她詫異無比，只有寫好的書籍才會放上二樓那屬於管理員的書櫃，怎麼陸天遙和陸天期的書本，也會被放上這裡呢？

和子立刻翻開了全白的書本，裡頭什麼字也沒有。也是。因為身為管理員的她並沒有動筆。

但這下子，就可以知道陸姓兄弟並不是她的繼承者了，畢竟找到了他們的書籍，可以寫完他們的故事。

所以和子將寫著《天天念念，遙遙無期》的書籍拿在手上，轉身卻被站在樓梯間的白色男孩給嚇了一跳。

「和子，妳在做什麼？」陸天期先是瞥了一眼她手上的書籍，隨後揚起微笑，瞇起的眼睛卻無嘴上般帶著善意。

「我找到你們的書了，不知道為什麼放在這裡。」和子抓緊書本，要繞過陸天期身邊，他卻挪動了一下身體，擋住了往下的樓梯通道。

「你要做什麼呢？」和子畢竟在這待了百年，自然不會懼怕這剛死沒多久的小鬼的威脅，她美豔的紅唇勾起微笑，看著這位不過自己一半身高的白子問。

打從一開始，她就知道單純的只有陸天遙一個。

「和子難道沒有想過，為什麼書會放在這嗎？」而陸天期也絲毫不畏懼和子散發的壓力。

「難道是你放的？」

「沒錯。」陸天期倒也沒想隱瞞。

「你目的是什麼？」

他聳聳肩，「對天遙來說還不是時候。」

「你放在這裡，他不也能夠看到？」

「不，天遙看不見這裡有樓梯。」陸天期的話讓和子一愣。

「這怎麼可能？」這樓梯就長在這，怎能看不見。

「他的確看不見喔，下次和子妳可以試試看。」陸天期瞇起眼睛，露出不懷好意的笑容。

「就算他真的看不見好了，你也不能把這書藏在這，我必須記錄下你們的故事才行。」和子邊說邊再次掠過了陸天期走下樓梯，而陸天期追了上來。

「和子，我藏起來是有原因的，我認為天遙還沒有準備好想起我們的故事。」陸天期的臉上難得露出了一絲絲驚慌。

但也只有一絲。

「從來沒有人來這是準備好的，我不需要等待你們這兩個孩子準備好了沒。」和子毫不疼惜地推開了陸天期，也不管這個孩子會不會從樓梯上跌下來。

「孩子？」陸天期嘴角勾起弧度，擋住和子的小手瞬間長大，身子也從纖細的孩子成為了青年，他俊美的眼眸瞇起，連眼珠子彷彿都變得像是玻璃珠般晶瑩透徹。

和子些微震驚，「這才是你們原本的年齡嗎？」

來到這裡的人們，即便能夠因為講述過去而改變外表年齡，但通常都是在抵達圖書館那刻的外表為死亡的年齡，且無論怎麼變化外觀，最多也只能成長到自己死亡年齡。

所以，她一直以為這對雙胞胎是以孩子的模樣死去，但沒想到陸天期卻能轉變成約二十歲的青年模樣。

「或許是，也或許不是。」陸天期另一隻手緩緩移動，來到了和子手裡那本屬於他們的書，他的瞳仁漸漸變為淡淡紅色，「我唯一想保護的，就是陸天遙。暫時，我還不想讓他想起全部。」

彷彿被那眼睛所迷惑一般，和子就這麼愣著讓陸天期抽回了那白色書籍。他莞爾，轉身將那書放回了書櫃上。

「和子，就讓我們裝作什麼也不知道，回到陸天遙身邊吧。」陸天期轉身，在幽暗的二樓中，他蒼白的肌膚、淡白的髮絲、潔白的衣裳，從窗外透進的光在他身體邊緣鑲成了一圈光暈，嘴角的微笑如此虛幻。

忽然，那本書微微發光，和子一愣，打開了白色的書封，上頭出現了「楔子」兩字，像是有人拿著無形的毛筆一般，在潔白的紙上緩緩出現了黑色字墨。

「只有管理者的書……會由這間圖書館來寫……」和子張大著嘴，看向陸天期，「你們真的是接下來的管理者。」

「那這是不是表示，和子妳的書要完結了？」陸天期歪頭，就算是疑惑的模樣，在他的臉蛋上也十分好看。

和子立刻拿起她的紅色本子，果然，她的書也開始自動書寫了接下來的字。

忽然變成青年的陸天期站在和子面前，令和子措手不及，雖然狂妄的眼神依舊在他臉上，但同時也增添了他一絲孤寂的氛圍。

他請求和子，別把屬於他們的那本書讓陸天遙知道，和子裝作毫不在意，但卻想知道背後的故事。

「那這是不是表示，和子妳的書要完結了？」陸天期啞著嗓音問，而和子翻開了她的書本，的確，許久沒落下完結的書本上再次出現了字跡。

和子恍然大悟，為什麼她即便交代了生前的一切故事，卻遲遲無法結束，不是因為兇手還沒出現，而是她與陸天期還有一段故事。

這個瞬間，和子才明白，為什麼她的書名會叫作《緣起於死之後》。

「和子小姐，天期，你們在哪裡？」樓下傳來了陸天遙稚嫩的叫喊聲，和子視線從書本上抬起，看了眼前的陸天期，他僅僅輕微聳肩，頓時變回了孩童外型，他把手指放在嘴唇上，輕輕說了：「噓。」

然後陸天期抽走了和子手上的《天天念念，遙遙無期》，並將它放回那排書櫃上。

「我還是這裡的管理者，那必須放在我這。」和子低聲，抽回了那本白色書籍，陸天期兩手一攤，不再相逼。

於是他們兩個走下了樓梯，只見陸天遙穿梭在一樓的書櫃走廊間，慌張的臉一見到他們便鬆了一口氣。

「你們去哪兒了？」陸天遙跑到他們面前，臉頰紅撲撲的像個小天使。

和子狐疑，她和陸天期此刻明明站在樓梯前，他們的背後就是樓梯呀，在陸天遙眼中是什麼？

「你看我們後面是什麼？」和子不死心問，而陸天遙一臉茫然地看了他們後頭，在他眼睛中倒映出來的，是一片潔白的牆壁。

聽到陸天遙這麼說，和子的臉瞬間刷白了。她瞄了一眼陸天期，他的表情並沒有太多的變化，僅僅歪了些頭，露出「我不是說了嗎？」的表情。

「陸天遙，你還真看不見啊。」和子說完笑了起來，來這百年，從沒見過如此事情。

「看不見什麼？」陸天遙東張西望，在他的眼中，只有層層書櫃以及和子專用的大木桌，和站在眼前的兩個人，還有其他模糊不清的來者。

「好吧。」和子乾脆地結束這話題，還以為自己待在這百年，已經不會再有什麼令她意外的事情了。

看樣子，世界還是很大的。而無論生前死後，總是處處有驚奇。

他們三個在這度過了一段平靜的時光，許多時候三人都是黏在一塊兒，鮮少有陸天期和和子的單獨時間，所以和子沒再見過陸天期成為青年後的模樣。

她時不時會翻閱一下屬於自己的書籍，但就停留在她發現陸天遙真的看不見樓梯的那段，表示她還沒觸發值得被記錄到書中的事件。

有一天，來了個生前被虐待致死的孩子靈魂，她從頭到尾流著眼淚說完自己的故事，屬於她的藍色書籍便完成。最後孩子放棄無病無痛的天堂，而選擇了重新開始一段人生。

和子背後的牆壁出現了一扇和室拉門，那孩子拉開了門，是一條繁花盛開的筆直道路，「妳沿著路一直走，會有人接妳。」

「到那邊……就不會有人欺負我了吧？」孩子輕聲地問。

和子看了一下她手裡的藍色書籍，這故事雖然悲慘，但還不夠悲慘，至少無法滿足那些重口味的來者。不過提供故事的人，還是有比其他普通人有機會得到更好一點的人生，畢竟以物易物這點規矩，他們還是遵守的。

「不能保證妳下輩子幸福快樂，但至少不會跟今世一樣糟。」和子微笑。

「只要有人愛我就好了……」孩子說完便往和室門外走去，刷的一聲，拉門迅速合起，也瞬間消失在那白牆之中。

都說了，人心是會麻木的，和子雖然生前經歷的事情也算悲慘，但與其他來這邊的人相比，她的故事反而不算最慘。

而最一開始她擔任管理者時，聽到那些喪盡天良的人間故事，她總是會義憤填膺或是跟著掉淚，但時間久了，她逐漸把那些真實故事當作一個故事來聽、來記錄，更甚至會自己修飾文字和事件，讓故事更加好看與合理。

所以，受虐致死的孩子是很可憐，但是和子已經不會跟著哭或是心痛了，因為，就又只是這圖書館的另一本書籍罷了。

「如果那邊就是通往結束的終點，那為什麼妳不跟著一起走呢？」陸天期的聲音倏地出現在後方，和子一愣，趕緊回頭。

那不是孩子外貌的陸天期，而是青年模樣的他。穿著渾身白，配合著他那也幾乎是白色透明的眼珠，銀白的髮絲些許黏在他的臉上，纖細的長指滑過了和子的大木桌。

「你這模樣不是對陸天遙保密嗎？你不怕他看到？」

「他睡著了。」陸天期一笑。

「睡？」和子多久沒聽到這句話了，「他會睡覺？」

「他一直以來都會睡覺。」陸天期往窗邊一指，但那沒有陸天遙，有的只是一隻黑貓。

一隻黑貓？

和子大驚，這裡什麼時候多了貓？

那隻黑貓打了哈欠，翹起屁股伸了懶腰後又繼續睡，陸天期走到和子身邊，揚起一抹不懷好意的笑容：「黑貓每天都會出現，和子沒注意到？」

「怎麼可能，這裡一直以來除了我、來者，還有說故事的人外，沒有其他人了。」

「還有我們。」陸天期伸手撫摸了和子鬈翹的短髮，這讓和子一愣，瞬間往後跳。

「你在做什麼？好大的膽子！」和子瞪紅了眼，渾身散發令人畏懼的氣場，但是陸天期絲毫不怕。他再次上前，和子警戒地往後退，但卻馬上意會到自己退後的行為，等於是害怕了陸天期，所以她立刻站直身體。

但是陸天期毫不畏懼，揚起的唇瓣並未消退。他伸手拉起和子的手，和子一愣，陸天期的手好冰，宛如寒冰般。

「妳的體溫好高。」陸天期一笑，拉起和子溫熱的手，放到他的唇邊輕輕的吻了手背。

陸天期的唇很冰，和他的手一樣，又或許是自己太過燥熱，和子多久沒和差不多年齡的異性相處了？她還好意思說自己是談過多場戀愛的交際花，如今被一個區區青年這樣親吻手背就感到害羞？這要是還在她活著的時候給人知道了，一定笑掉人家大牙。

「好了！」所以和子抽回了手，認為自己該有成熟女人的模樣，裝作沒事一般，「別想開姊姊玩笑。」

「我怎麼會開玩笑，況且雖然和子的年代比我們早，但就死去的年齡，我們是二十歲，而和子是十八歲對吧？嚴格說起來，我們比和子還要大喔。」陸天期瞇眼一笑，那模樣虛幻得如星辰般美好。

「那我也……」和子驚慌地想退後，她不是害怕陸天期，只是這百年來她已經遺忘了和男人相處的自己，所以有些不習慣。

「啊，他醒了。」陸天期有些惋惜，往後退了一步，瞬間變回了孩提模樣。

和子愣住，順著陸天期的視線朝窗邊看去。那隻黑貓跳下了窗臺，兩隻前腳逐漸伸長變成了手，兩條後腿成為了腳，貓臉則轉為陸天遙的模樣，那渾身黑毛變成了衣裳。

黑貓，變成了陸天遙。

「你們在做什麼呀？」陸天遙傻愣愣地問。

「你剛才——」

「要來看書嗎？」陸天期打斷了和子驚恐的問句，不知何時拿起了兩本書。

「好啊！我也才剛看完一本呢。」陸天遙開心地接過了陸天期手裡的書，兩人坐在窗臺邊，靜靜地翻閱著書籍。

這是什麼情況？

陸天遙不但會睡覺，睡著的時候還會變成貓？

忽然她的書籍發出些些光芒，和子趕緊翻開，又寫下了剛才發生的事情，一樣停留在陸天遙變成黑貓那。

和子頭暈，最近發生的事情都在和子意料之外，她沒辦法容忍事情不在掌握之中。

「陸天遙。」所以和子大喊陸天遙的名字，兩張一樣的臉的男孩皆抬起頭，和子此刻就站在二樓樓梯前。

「和子，不要這樣喔。」陸天期扯了嘴角，似笑非笑。

「陸天遙，你看我的背後有什麼？」和子不死心地問。

陸天遙看看陸天期，又看了和子身後，不太明白和子想問什麼：「不就是牆壁嗎？」

和子咬著唇，「那這樣呢？」她的手往後一摸，摸上了扶手的欄杆，另一腳也踏上了樓梯第一階。

「哇！和子小姐，妳還能穿牆啊！」陸天遙又驚又喜，在他的眼中，和子不過是把手和腳都沒入了牆壁之中。

他看不見樓梯。

不過和子沒那麼容易放棄，她立刻走過去，用力拉起陸天遙，要將他往樓梯帶上去。陸天期連忙衝了過來想要阻止，但孩提的他力量沒有和子強，他又不可能在陸天遙面前恢復成青年模樣。

所以這場反抗最後是和子贏了，陸天遙已經被拉到樓梯前，「和子小姐，我也有辦法穿牆嗎？會不會痛啊？」

「別管了，過來！」和子使勁拉，陸天期也拉著陸天遙另一隻手，兩人形成了拉鋸戰。但是當和子跨上了樓梯、陸天遙的手也碰到了牆之時，他卻像是觸電一般，兩眼一翻暈了過去。

「陸天遙?!」和子大驚，立刻鬆開了手，而躺在地板上的陸天遙渾身顫抖，下一瞬間變回了黑貓。

站在他旁邊的陸天期靜靜看著縮成一團的黑貓，抬起頭，那雙眼變成了淡淡的紅，「不要這樣子，和子。」

「這是怎麼回事？」和子不敢置信，為什麼會這樣子？

「妳曾經說過，這間圖書館是提供好看的故事給來者對吧？」陸天期轉變回了青年模樣，「而管理員的故事，會自動由圖書館書寫而成，對吧？」

她點點頭，陸天期笑了：「所以說，和子，妳的故事還沒完成，圖書館是不會先開始寫下一任管理者的故事。」

「你已經確定，你們就是管理者了嗎？」和子些些顫抖，不過就是圖書館自動書寫他們的書罷了。

「我很確定。」陸天期微笑。

「為什麼？」

「因為我聽得到圖書館的聲音。」陸天期的話讓和子十分驚訝。

「你亂說，就算是管理者，也不可能聽到圖書館的聲音。」和子當然曾經想過這間圖書館其實是活著的，如果說來者是「噬」讀的怪物，那這間圖書館便是容納怪物的巨大猛獸。

她從來都不知道來者是誰，也從來沒過問，歷代的管理者也不曾探究這個問題，他們就是來到了這裡，然後發現自己的故事無法完結，就留下來直到某天遇到了自己故事完結的關鍵人物或事件，才寫完了故事。

而這時候，正巧都會有下一位管理者出現，這確實是圖書館安排好的，圖書館是活著的也是歷代管理者的共識。

但是，從來沒有管理者說聽得到圖書館的聲音。

「我真的聽到了。」但陸天期卻斬釘截鐵，他彎腰將變成黑貓的陸天遙抱起來，放到了窗臺邊。

「什麼時候？」和子下了樓梯，看著高大的陸天期。

他站在窗臺邊，側過頭來看著和子，嘴角些些上揚：「當我和天遙在外頭走時，外頭的世界一片混沌，我腳下的地板、眼睛所見之處，都是白色，就連我的衣服也是白色，下起了雪。我好像一個人走了很久，才忽然意識到我的手上牽著另一個人。我還以為自己在照鏡子，才忽然發現到那是天遙，他和我不同，穿著渾身黑衣，他所在的那一邊，是狂風暴雨的漆黑。」

就如同和子那天見著他們出現的情況一樣，門開啟的那時，她的確看見了外頭一半是黑、一半是白的光景。

「在一片白與黑之中，我聽見了有聲音呼喚我們，但天遙沒聽到。我循著聲音找到了圖書館。」

「它說了什麼？」和子嚥了嚥口水。

陸天期抬眸，雙眼再次成為了淡紅，「它說『真正的管理者，等你很久了。』」

聽聞他的話，和子雙膝一軟，必須扶著一旁的欄杆才不至於跪坐在地。

如果眼前的雙胞胎才是圖書館要的真正管理者，那自己，或是以往的管理者又算什麼，過客嗎？

真正的管理者，和他們又有什麼不同？

陸天期走到和子面前，伸手拉起她半軟的身子，卻扣上了她的腰，讓她貼向自己。

「你做什……」和子要抗議，但陸天期的力氣很大，他另一手滑到了和子的掌心。

「我看過和子的故事，妳生前是舞廳小姐是吧，難道不懷念跳舞？」陸天期溫潤的嗓音在她的耳畔，而圖書館中不知從哪傳來了悠揚的音樂。

在這這麼久，和子從來沒有聽過圖書館傳出音樂，她一時竟然被這樣的氣氛感染，就讓陸天期帶領著跳起了舞。

陸天期眼神迷離，彷彿回到了生前。和子總是在舞廳與眾多男人翩然起舞，她熱愛跳舞的自己，也喜歡舞廳的氣氛，那幾乎是她人生最快樂的時候，直到感情問題引來了殺機為止。

在那一曲結束之後，和子竟與陸天遙相視露出了笑容，是真切的，彷彿還活著時所感受到的美好的真心笑容。

「早知道妳會這麼開心，我們就該常常跳舞。」陸天期食指放在嘴唇上，瞄向了在窗臺邊的黑貓，「等到天遙睡覺的每晚，我們都能這樣跳。」

這句話對和子來說無疑有吸引力，她長時間都是獨自一人記錄人間險惡的故事、面對模糊不清的來者。說實話，她非常的孤獨，尤其看不見自己的故事何時走到終點，對她來說宛如毫無止盡的地獄一般。

她不愛看書，她喜歡看戲。她不愛安靜的地方，她喜歡吵鬧歡騰之處。

所以陸天期的提議對她來說，十分吸引人，吸引到她幾乎可以強迫自己不去在乎其他怪異之處。

從那日起，每當陸天遙變成了黑貓入睡時，陸天期便也會變回青年的模樣，與穿著旗袍的和子在圖書館的中央大廳翩然起舞，那是這百年來，和子最快樂的時光。

和子在生前，也愛過幾個男人，也恨過幾個男人。對於愛情，她總是飛蛾撲火、奮不顧身。但是當決心離去時，她也能果斷訣別，如此敢愛敢恨，一直是和子的驕傲。

只是在她死後好久了，她以為自己早就忘記了什麼叫愛，也忘記自己還有愛人的能力，更甚至是因愛而死後，忘了自己還相信愛情。

平時，當她看著陸天期、陸天遙兩兄弟時，她會從陸天期稚嫩的臉蛋上，想起青年時的他的俊朗，然後她便會感覺不再跳動的心臟彷彿又舞動了起來。

每晚，她都期待著，能和那俊美的陸天期相見。

這是愛嗎？還是只是寂寞的依賴？

「和子，妳知道我還聽到了什麼嗎？」陸天期噙著笑意。

「啊？」

「妳恍神了？」陸天期領著和子轉了一圈，再次將她扣回身邊，「沒聽到我剛才說什麼？」

「我剛剛發呆了一下。」和子乾笑，她腦中的思緒回到了稍早她看見自己書本裡出現的字句。

此刻，她依然在陸天期的懷中舞步，距離之近，她都還嗅得到陸天期的氣息，從掌心傳來屬於他的冰冷溫度。

「和子居然會發呆。」陸天期歪頭，露出難得懷疑的表情，「妳想到了什麼嗎？」

「沒什麼！」和子哪敢說，自己的書本裡出現了那種羞恥的文字。

要是讓陸天期知道自己的心情，豈不是丟臉死了嗎？

想他們兩個剛來的時候，和子說自己是大姊姊，沒想到之後卻被陸天期這樣神秘的男人給吸引。

就算自己在這待了幾百年，但她死時畢竟還是十八歲的青春年華，所以她的心也還保有著少女的天真浪漫。

「很可疑喔，這麼極力反駁。」陸天期冷笑了下，但卻將和子攬得更緊貼自己，

「和子，妳的故事進行得怎樣了？」

「還沒完……」和子感謝已經沒有心跳，否則陸天期一定會聽到。

「和子，妳怎麼都不問我，對於生前還記得多少？」陸天期的頭靠上了和子的頭。

「你記得嗎？」和子一愣，她以為陸天期和陸天遙一樣都忘記了。

「我記得，但即便我記得，也無法說出完整故事，我在想人是不是就是這樣，只靠自己單面的說詞，是無法成就一個完整的故事。又或者是，我們根本也搞不清楚真實，所以這圖書館所有的故事，都必須等到關鍵人物到齊後，才能寫成一本。」

「你的意思是，在等陸天遙恢復記憶嗎？」

陸天期將和子轉了一圈，又回到了自己懷中，「我的記憶都不算完整了，天遙更不會想起來。事實上，我也希望他別想起來。」

「難道你不想離開這裡？」因為要是永遠不說出自己的故事，那就得永遠困在這。

「所以啦，這就是我剛才所說的，這座圖書館除了說我們是真正的管理者外，妳知道我還聽到了什麼嗎？」陸天期認真地看著和子的眼睛。

和子搖頭，一旁的黑貓慵懶地爬了起來。

「它說，真正的管理者待在這裡的時間，是永遠。」

第二章

前來的女人

碰！

陸天遙嚇了一跳，立刻闔上了《緣起於死後》之書，抬頭看向聲音來源之處。一個渾身淋濕的女人出現在圖書館門口。陸天遙看到門外的世界，居然是片汪洋，而女人似乎從海裡爬上來一樣，臉色發白、渾身顫抖。

「……門開了。」女人的第一句話如此令人摸不著頭緒。

陸天遙將《緣起於死後》收入抽屜，白貓捲曲著尾巴坐在書桌上，靜靜地看著她。

「把門關上吧。」陸天遙微笑，調整好坐姿，雙手交疊在下巴。

女人雙眼在這富麗堂皇的圖書館裡頭打轉，對比她濕漉漉的模樣，自己顯得格格不入。

「我在外面等乾了再進來吧。」她有禮貌地說，但卻止不住渾身哆嗦，打了個噴嚏。

「別在意，進來吧。」陸天遙朝她揮手，女人猶豫再三，回頭看著那片汪洋，她可不想再次嗆水。

所以她踏進了這座圖書館，而門也應聲關上。

說也奇怪，等她踏入了圖書館感到安心後，身上的衣服自然就乾了，連她的長髮也絲絲分明，她不再覺得冷了。

在女人還小心翼翼、東張西望的時候，陸天遙已經起身，從後頭的書櫃抽下了一本綠色的書籍，上頭寫著——藍小築。

「啊……你怎麼知道我的名字？」藍小築狀似驚訝，而她的身後出現了中式沙發，面前也出現了中式茶几，上頭放滿了許多傳統零食和彈珠汽水。

「奇怪……」藍小築愣了下，看著自己逐漸縮小的身體。

「來吧，說說妳的故事。」陸天遙拿起眼前的墨條，心不在焉地磨著墨，卻不小心將墨汁濺到了自己的袖口。雖然都是黑色看不太出來，但他還是嘖了聲。

喵～

白貓似乎在提醒他冷靜點，現在是工作中，必須蒐集好故事才行。

陸天遙看牠一眼，說得這麼容易，但他的思緒卻無法離開剛才看見的。

在和子的那本書之中，提到了他從來不知道的事實，陸天期很早就能變回青年的模樣？甚至早知道二樓的存在？更甚至也知道他會變成黑貓？

為什麼這一切陸天期從來沒和自己說過？他還被隱瞞了多少事情？

難道……屬於他們的那本《天天念念，遙遙無期》也早已經有了文字？

陸天遙的手放在抽屜，裡頭有和子和他們的書籍，他好想快點翻閱，好想不管眼前的女人，先把他所在意的故事看完。

「原來這裡面是長這樣子……沒想到有一天我可以進來。」藍小築並沒有在那張中式沙發坐下，而是在圖書館裡頭來回走動。

每當有說故事的人前來時，來者便都會消失，這也是圖書館神奇的地方。在來者眼中，圖書館大概是暫時關閉狀態，所以他們總是知道有新的故事要產生了。

陸天遙忍住想繼續看書的衝動，畢竟要是沒在最有效率的時間完成新故事的撰寫，來者們暴動可就不好了。上一次《沒有名字的故事》那本，陸天遙可是歷歷在目，也不想再經歷一次。

所以他沉住氣，深吸後再吐氣，將專注力都放到眼前的藍小築身上，「『沒想到有一天可以進來』這句話很有意思吶，難道妳在遠處觀望很久嗎？」

陸天遙這句話原本只是打趣罷了，但卻沒想到藍小築認真地點頭。

這時，他才仔細觀察了眼前的女人。不，說是女人太不合適了，她看起來才十幾歲，最多大學生，還是個少女。

「妳今年幾歲？」陸天遙打開了她的本子，寫上了藍小築三字。

「十七。」藍小築在圖書館裡頭閒晃著，「但我知道自己死很久了。」

陸天遙聽到她這麼說又挑眉，最近來的人腦子都挺清楚的呀，不過他很快會意過來，為求確認後問：「妳是自殺的？」

「嗯嗯，跳樓。」藍小築毫不避諱，「嘿，這裡的書我可以看嗎？」

「不行。」陸天遙微笑，「妳來這裡唯一要做的事情，就是說故事給我聽，讓我寫下來。」

「所以那些進來這裡的人們，也都是講故事給你聽嗎？」藍小築的話讓陸天遙些些一愣。

「妳說的這句話是……？」

她走回中式沙發處坐下，看著桌面上的古早味零食，最後挑了麵茶粉撕開，插入小吸管開始吃，「你也是從外面進來圖書館的嗎？」

「是。」

「外面的世界還真不友善，讓我以為人死了還可以再死。」藍小築自嘲地笑了，桌面上也出現了茶具，「哎呀，還是裡面好，很周到。」

「人死了再死的意思是，剛才那片汪洋嗎？」陸天遙想起方才外面的狀況。

「你說說故事，是什麼故事？我的故事？還是要我掰故事？」藍小築從剛才就一直在說自己想說的話，完全沒回答到陸天遙的問題。

「我們一個一個來好嗎？」陸天遙拱手，感覺自己跟不上藍小築的跳話題速度。

「好喔。」藍小築倒也乾脆，將茶水注入茶杯之中，還不忘先品一下茶香，「這是好茶耶。」相當有閒情逸致地下了評論。

「妳說妳十七歲自殺死了，這一點沒錯吧？」

「沒錯。跳樓喔。」回答得輕描淡寫。

「那妳說圖書館外面的世界不友善，妳在外頭看到過什麼？」陸天遙快速在本子上書寫。

「剛才是一片汪洋，我覺得自己好像在海裡游了七天七夜，在更之前的火山爆發，一片煙霧之中我什麼都看不清楚，也呼吸困難。其他還有經歷過撼動天地、站都站不穩的大地震，以及雷雨交加的恐怖荒地，或是炎熱沙漠等，每一種氣候都不適合人類生存。我還一度懷疑跳樓後的自己是不是正在急救，所以深陷在惡夢醒不過來。」藍小築身上所穿的，並不是高中制服，而是簡單的素色上衣和牛仔褲。

「真是特別。一般來說外頭的模樣，雖是顯現你們的內心或是想看見的模樣，或是天堂，但通常不會超過三種樣貌，妳倒是經歷了許多呢。」陸天遙邊說邊記錄下來。

「那妳說沒想到可以進來的意思是？剛剛又說了其他人來到圖書館？妳見過？」

「對呀，我見過喔。」藍小築點頭如搗蒜，「我看過很多人進來這圖書館，我也曾經嘗試要開門，但是一直打不開。其他人總是很輕易就進去了，只有我怎樣都進不來。」

「妳為什麼會想要進來呢？」

「因為無論我身處的地方是怎樣的世界，這座圖書館永遠都在。即便在剛才的汪洋，圖書館也屹立不搖地浮在海面，我抱著一線希望游到了這裡，然後再次轉動門把，這一次終於打開了。」藍小築抿嘴，「綜合你剛才說的故事……難道，是要說自己的故事嗎？」

「沒錯，這裡是專門記錄下你們生前的故事，成為一本本書籍，提供借閱。」

「看別人的人生有趣嗎？我不知道人死後還有這一套程序耶，生前聽到的都不是這樣。」藍小築說起應該要被審判，去地獄或是天堂之類。

「來這裡的人，是特別的，人生比一般人還要……悲慘。妳想，故事要好看，那主角勢必要經歷常人所無法經歷的事情，越是黑暗、痛苦、不安、慘烈，像那樣的故事，大家不是最愛了嗎？」

「這麼說也是呀，無論是電影還是小說，大家都喜歡這樣呢。」藍小築點點頭，全然接受陸天遙的話。

而陸天遙覺得神奇，從來沒有人說過打不開圖書館的門，而這少女在外頭見過許多人進門，可見她待的時間夠長了。

「換句話說，圖書館也可以選擇要讓誰進來囉？」藍小築輕笑，這讓陸天遙有些詫異。

「這是……」

「代表之前它不讓我進來，是還沒到我說故事的時間？現在終於到了嗎？」

陸天遙完全沒想過藍小築所說的可能性。他在這裡千年，總是誰進來就記錄誰的故事，只知道圖書館會挑選管理者，沒想過圖書館還會挑說故事的人。

藍小築身體往椅背一躺，調整一個舒適的姿勢，看著前方的茶杯冒著熱氣氤氳，雙眼變得迷濛：「要說我的故事前，大概得先說另一人的故事，像是前傳那樣吧。」

「洗耳恭聽。」陸天遙握緊毛筆。

而藍小築的目光變得悠遠，她從沒想過，有一天能真正將這個故事說出來，不用擔心後果，不用擔心社會眼光，也不用擔心會不會有人相信。

她只是需要說出來，讓其他人知道。

＊

在提到藍小築的故事前，必須先從那女人的故事開始。

那女人叫作藍小雙，生在一個普通的家庭，她有段還算不錯的童年，只是風雲變色總在一夕之間，即便在有健保的臺灣，有時候，你離破產就只差一場重病，或是一次意外。

藍小雙的媽媽在一次同學會結束的途中，因為酒駕緣故，衝進了一棟民宅，壓死了在客廳看電視的兩位老人，輾過了在一旁玩耍的孫子，以及撞倒了正好切著水果走出來的女主人。

兩死兩重傷，加上藍小雙的媽媽也因為腿卡在車子之中，造成下半身不遂，無法抵抗龐大的醫藥費以及社會的譴責，在法院開庭前，從醫院跳了下去，結束了生命。

然而死亡只是將爛攤子丟給了活著的人，藍小雙的爸爸。

藍宗壬早期因為經商失敗加上意外，造成腿瘸了一邊，必須在家休養，而原本為家庭主婦的媽媽便外出工作，誰知道這一做還有聲有色，比當年藍宗壬貼補的家用還要多，對此無疑是再次羞辱藍宗壬無謂的男人自尊，即便藍小雙和媽媽誰都不在意這件事情，但還是在藍宗壬心中埋下了刺。

他時常藉酒消愁，不如意時還會摔打東西，偏偏就在這種時候媽媽還發生這種事情，這讓藍宗壬好幾次對藍小雙的媽媽發牢騷，說著「妳這沒用的東西」、「拖累我們一家人」、「現在怎麼辦？妳負責啊！」等話語，這大概也是藍小雙的媽媽跳樓的原因之一。

如今沒了經濟支柱，又得賠償那家人的醫藥費用，這一切使得藍宗壬只能連夜帶著藍小雙跑路，去到一個沒人認識的鄉下重新開始。

他的確是有想要重新開始的。

只是，沒有人要請一個腿瘸了的中年老人，他無法接粗活，腦子也不夠聰明成為白領，更不能騎機車跑外務，久而久之，屬於男人的自尊被這社會踩在地上踐踏，讓他幾乎一蹶不振，只能靠著政府補助的救助金生活。

藍小雙知道自己不能倒下，她認真念書，讓自己的學費多少可以用獎學金貼補，回到家還會做家庭代工，藍宗壬沒喝醉的時候，也會稍微幫忙。

但某次家庭代工的人來收成品時，卻和藍宗壬起了口角，最後甚至打了起來，於是這一區的家庭代工沒人要再給藍家人做。

「呿！稀罕，沒他們我們也不會餓死。」藍宗壬滿嘴酒氣。

「爸爸，不要再喝酒了，那些酒錢是我們的飯錢。」準備要升上國一的那個暑假，藍小雙曾如此祈求過她的爸爸。

「現在妳也看不起我嗎？怎麼不說是妳媽媽把我們害到這個地步？」喝醉酒的藍宗壬口無遮攔。

藍小雙明白，別和他爭論，她一直相信藍宗壬只是暫時的頹廢，他很快就會站起來，就像以前，即便媽媽主外，爸爸也能把家裡打理得很好。

當時才十二歲的藍小雙幸運找到了一戶果園願意讓她打打工，賺點生活費用，利用暑假，藍小雙每日天還沒亮便會出門，中午在果園那吃完飯才會回家。下午，又會到另一戶農家幫忙整理穀物，工時雖然都不長，但早晚這樣做，對藍小雙還是挺吃力的。

不過，她如此辛勤的模樣都看在其他大人眼裡，一面稱讚她懂事之餘，難免也會數落藍宗壬，對此，藍宗壬十分不高興，好幾次都阻擋藍小雙出門。

「妳是要讓我丟臉嗎？讓別人知道妳老爸多沒用？」

「爸爸！我們總是要生活，你又不去工作！我們哪來的——」話都還沒說完，一巴掌已經下來，藍小雙愣住，藍宗壬也愣住。

「對、對不起，我不是——」藍宗壬傻了，趕緊要撫摸藍小雙的臉。

「你振作一點好嗎？」藍小雙只是拿起了一旁的外套，出門去打工了。

那天，她在果園裡頭哭得好傷心，被果園主人的兒子瞧見了，男孩和藍小雙是同一所國小，對於藍小雙一直很有好感，她長得清秀、美麗，說話溫柔又好聽，工作也十分認真，待人和氣，這樣的女孩是當時許多男生的憧憬。

於是果園兒子拿了要賣的水果，切好了給藍小雙吃。她邊哭邊吃著那好甜的水蜜桃，與男孩聊了一個上午。

從此，果園的打工成為了當時藍小雙心靈的最大寄託。

而藍宗壬也因為那一次藍小雙的冷言，稍稍振作了一些，父女兩人稍稍能夠好好說話了。

升上國一的藍小雙出落得更加亭亭玉立，白皙的肌膚、脣紅齒白像極了大家腦中對於白雪公主的模樣。

果園的男孩和藍小雙走得很近這件事情，因為村子並不大，很快的大家就都知道這小八卦，但兩人年紀尚小，在當時不是很能被接受，所以果園因此希望藍小雙別再來打工。

男孩當然極力向父母保證兩個人只是交情好，絕對沒有做什麼踰越的事情，但父母看出了男孩真的很喜歡藍小雙，再這樣相處下去出事也是早晚的事，所以還是狠心拒絕了這個女孩。

果園夫妻雖喜歡藍小雙，但，若要成為兒子交往的對象，藍小雙的家境的確令人堪憂。

藍小雙為此傷心不已，但果園也幫她引薦了另一處芒果園，所以她只是換個地方工作罷了。

的確，大人們的擔心他們能夠體諒，只是大人們忽略了年輕的孩子越是被阻撓，越是會走到一起。

在某個雷陣雨的午後，在樹下躲雨的藍小雙還擔憂著天氣何時放晴時，男孩帶著傘來見她了。

也許是太久沒有見面，也許是當時的雨淋濕了她的衣服，也許是情竇初開不懂得界線，也許，就是一切都天時地利人和了。

所以當男孩靠近時，藍小雙選擇的是閉起眼睛，而不是推開。

兩人以為那個午後，在果園做的事情沒人知道，卻還是被其他大人發現了，這件事情很快就傳開，在那時候，女孩的貞操遠遠比男生的還要重要千萬倍，尤其兩個人都才國一的年紀，這種事情總是女生比較吃虧，藍小雙更是被傳得一文不值，搞得藍宗壬不得不再次搬家。

「都已經沒有錢了，妳還給我搞這一齣，很高尚的要我振作，結果和別的男生在野外相好？妳還要不要臉啊！」藍宗壬氣急敗壞，大手不斷往藍小雙臉上打去。

嬌弱的藍小雙哪有辦法抵抗成年男子的巴掌，她只能咬著牙哭著，不明白單純喜歡上一個人，談了一場戀愛，做了一些事情，為什麼就要被如此貶低與謾罵？

藍宗壬經由這次事情後，不允許藍小雙再次外出打工，除了上學以外，藍小雙只能待在家中。而搬到另一區的他們，幸運的讓藍宗壬找到個旅店清潔的工作，雖然工時有點長，但薪水還可以過得去，最棒的是還有附餐，這讓他們的生活好過一些。

有道是暖飽思淫慾。生活過得去了後，每當藍宗壬清理客房時，聞到那股情慾的味道，想像著剛才是怎樣的女人，在這床單上被人肆意玩弄，他便湧起了另一種慾望。

但是他沒錢找小姐，無謂的自尊也讓他不想找小姐，可現在這模樣，他要去哪談戀愛？就算談戀愛，他又有辦法再次應付一場婚姻嗎？

當他凌晨回到家後，他便會習慣性地在房間自我解決，直到滿足了後再次睡去。

「爸，我去上學了。」翌日，藍小雙敲了房門說完後便離開，自從強迫藍小雙和男孩分開後，父女間的關係降至冰點。

藍宗壬在床上賴了一下後，收到領班臨時調班的電話，於是他起床，卻注意到外頭烏雲密布，於是他先將曬著的衣物收進屋子內，卻意外看見一件大紅色的內衣。

他盯著那內衣看許久，怎麼藍小雙才國一，就會穿這樣顏色的內衣了？這內衣什麼時候買的？

藍宗壬沒時間細想，匆匆將衣服放好後，便出門到旅館上班。不過那紅色的內衣卻在他腦中揮之不去，難道藍小雙和那個男孩還有來往嗎？

「508的房間要整理。」領班來到休息間提醒，而今日人手不足，原來都是兩人清掃一間，但今天只能一人負責一間。

於是藍宗壬推著清掃車來到了508房，一將萬用鑰匙插入一旁的放置區，燈火通明，但藍宗壬卻發現地板有著一件紅色內衣。

「靠，這也能忘？」藍宗壬認為是客人忘記帶走，碎念著將清潔車推入客房，門也關起。

但是當他彎腰準備撿起內衣丟到清潔車上時，卻發現裸著身的女人還躺在床上睡覺，他大叫一聲，往後撞到了電視，發出巨響。床上的女人也被這聲音給驚醒，見到床尾有陌生男人，嚇得尖叫。

「色狼——救命啊！」女人用棉被裹住全身，而房門再次被打開，一個提著食物的男人見此狀，立刻衝上前就對藍宗壬施以拳頭。

一陣慌亂，藍宗壬連事情都搞不清楚，已經被揍得七葷八素，領班和經理急忙跑來，發現烏龍一場。

508的男子跟櫃檯說他要外出買東西，但房內還有人，不要做清潔。可是櫃檯不知道怎樣的，居然通知領班508需要清潔，導致藍宗壬莫名其妙挨了一頓揍。

但兩位客人即便明白這點，也堅決不跟藍宗壬道歉，直說這是他們飯店的疏失，甚至要求賠償。

「誰知道如果我不尖叫，他會不會真的對我做些什麼，我看到他的時候，他正盯著我的裸體，而且手裡還拿我的內衣耶！」那女人得理不饒人，對著藍宗壬就是滿滿質疑。

旅館方面理虧，只能頻頻道歉，並且給予住宿免費和優惠券的補償，最後這件事情才化解。領班和櫃檯也慎重對藍宗壬道歉，甚至給了五千塊賠罪。

藍宗壬受了一肚子冤枉的氣，讓他用那五千買了一堆好酒，回到家中時，漆黑一片，他走到藍小雙的房門前微微開啟，她已經睡去。

於是他走回客廳，一人喝著悶酒和消夜，卻越想越氣，也覺得自己很窩囊。

夜半他醉醺醺地要回自己房間，卻見到藍小雙的房門開啟，於是他搖搖晃晃地走過去要將房門關起，卻瞧見了紅色的內衣就掉在床邊。

太醉了，腦子不太清楚了，以為又回到了旅館，這一次他不要忍氣吞聲，於是他踏了進去，在床上的藍小雙睡得香甜，白皙的腿從棉被裡伸了出來。

藍宗壬的慾望在此刻被挑起，隱約地知道床上是他的女兒，卻又將稍早旅館內的女人重疊，然後又想起了藍小雙和別的男孩在野外的好事，想起債務、想起妻子、想起瘸了的腿，頓時他怒火中燒，這世間的一切都不如意，那何必遵守這世界的規則，依照規則，他們根本沒辦法活下去。

於是他用力掀開了被單，被強勁的風嚇醒的藍小雙半坐起身，穿著清涼的睡衣，以及發育良好的身體，讓藍宗壬無法忍耐。

他壓制藍小雙的手，另一手將她的睡褲扯下，裡頭的內褲居然也是紅色，這是要勾引誰啊？粗糙的手伸往內褲裡頭攪和，充滿酒氣的臭嘴舔舐著藍小雙尚在發育的胸，啃咬、吸吮，在粉紅的圈上留下了齒痕，然後堵住藍小雙尖叫的嘴，舌頭滑入她的喉。

藍小雙奮力掙扎，咬了他的唇，好痛。他打了她一巴掌，力道之大，讓藍小雙頓時眼冒金星，無法反抗，他趁機扯開她的上衣，這下子可以更清楚地看見她的全部。

這麼美好的身體，是他給她的。然而卻被一個莫名其妙的男孩先行擁有過了，這讓藍宗壬更是氣憤，覺得世界不公。

「反正也不是處女了……」他低喃著，扒開她的雙腿，即便她多不願意，藍宗壬都能輕易讓她的腿張開。

藍小雙奮力掙扎，腳與手都不斷用力推擠著他，藍宗壬為了讓她乖乖聽話，再次連呼了她幾巴掌，她咬到舌頭，流了一些血，他趁機解開自己的褲頭，不顧藍小雙的意願，就這樣進入了她。

那錐心刺骨的疼痛，以及噁心到胃酸逆流的痛苦，藍小雙想尖叫、抗議，但藍宗壬巨大的身軀就壓在她的身上，像狗一樣不斷前後擺動，一手摀著藍小雙的嘴，另一手來回搓揉她的渾圓。

「妳看，都沒流血……這就是因為妳不是處女……」

如果眼淚也能是血，那晚，藍小雙大概流乾了身體所有的血液。

*

陸天遙停筆，因為藍小築停止了話語。

「這是誰的故事？」陸天遙問，「名字與妳只差一個字，姊姊？」

「你不好奇，隔天藍宗壬怎麼面對自己的女兒嗎？」藍小築歪頭。

「沒要冒犯，但這種爸爸強姦自己孩子的故事，在這座圖書館有很多，比藍小雙還要慘的例子多得是。」陸天遙俊美的臉龐說出如此殘忍的話語，讓藍小築輕輕一笑。

「我沒有要比慘，只是想說，平常大家都說著有些東西是不能跨越的線，可一旦真的跨越了後，就會什麼都不在乎了。」

「所以隔天藍宗壬並沒有懊悔？也沒有道歉？」通常這樣的「爸爸」，隔天都還會帶小孩去買個糖果，或是配合鱷魚眼淚的道歉。

藍小築搖搖頭，「藍宗壬像是解放了一樣。越過了那一條線，他反倒覺得本來女兒就是他的所有物。」

「妳連生命都是我給妳的，跟我談什麼自由？」

藍宗壬還說過這樣的話呢，藍小築想到就覺得好笑。

「於是後來，藍宗壬想要就要，天天要、夜夜要，他當時都要五十歲了，體力還可以這麼好呀。」

白貓捲動了尾巴，靜靜地看著她。

「然後，在藍小雙十五歲那一年，我出生了。」

陸天遙的毛筆停頓，「這是妳媽媽的故事？」

「也是我的故事，對內，心知肚明藍小雙是我的媽媽，藍宗壬是我的爸爸。對外，藍小雙是我的姊姊，藍宗壬還是我的爸爸。」

第三章

白貓的由來

故事到這邊被迫暫停，因為藍小築忽然說想要休息一下。

自從姜奎後，沒想到還有說故事的人提出要暫停，不過至少藍小築不是不說，而只是需要暫停。

「妳不舒服嗎？」陸天遙詢問。

「沒有不舒服，只是要想一下，後面我該怎麼說比較好。」藍小築吃起餅乾，「就當是個沉澱吧，我在外面的世界那麼辛苦，一來到這又馬不停蹄說著故事，即便我是死人了，也該喘口氣吧。」

「妳說的有道理，但還沒人這樣要求過。」

「也許是因為他們在外面的世界，都沒有我那樣辛苦吧。」藍小築聳肩一笑，「況且，我的生前實在太噁心、太累了，這是難得的優閒時光，我想好好把握一下。」

「妳的回答還真是令我無法強迫妳說下去，反正妳不是拒絕說故事就好，我能讓妳稍作休息。」陸天遙會乾脆的同意，另一方面也是想找個時間先看一下和子的書。

「我想先問一下，說完故事以後，我會去哪裡？」藍小築又問。

「妳會有兩個選擇，但要等妳說完故事後我才會告訴妳。」

「好吧。」藍小築整個人躺到了沙發上，閉上眼睛假寐，還輕哼著歌曲。

而陸天遙則打開抽屜，拿出了紅色的書籍，那本《緣起於死後》。

他正想要閱讀時，瞧見了壓在下方的《天天念念，遙遙無期》，忽然想到陸天期在《緣起於死後》的怪異行徑，所以他改變主意了，想先翻翻他們這本書，是否已經開始撰寫。

但就在陸天遙拿起書籍的時候，白貓忽然脹大身體，貓手壓到了白色書籍上，不讓陸天遙翻閱。

「你做什麼——」陸天遙想奪回，但白貓張大了嘴，就這樣將那本書吃下肚，這讓陸天遙大驚，「你在做什——」

「你上去二樓了？」白門倏地出現，陸天期的聲音也從後方傳來。

「這是怎麼回事，白貓把東西送到你那了？」陸天遙起身，來到白門邊，而白貓恢復成原本的大小，舔舐著貓手，又是那可愛的模樣。

「想必也是白貓帶你上去二樓的吧？」陸天期在門後輕笑，「從白貓跳到你那邊時，我就知道時間開始走了。」

陸天遙用力拍了門，「你到底知道多少？你又記得多少？」

「……你那邊有客人？」陸天期不確定地問。

「對。」陸天遙才想起自己的反應過大，不知道藍小築有沒有注意到這，他回頭看，藍小築還好端端地躺在沙發上，看起來好像真的睡著了一樣。

「那你好好招待客人吧。」

「等一下，那本書還給我！」

「由我來講故事，比你來講更貼切得多。」陸天期說完，白門也逐漸消失。

「喂———」他大喊，但已經看不見門的痕跡。

陸天遙沒這麼沮喪和生氣過，沒想到白貓會來這一招，他回眸瞪著白貓，牠只是眨著無辜的大眼睛，「你把書送到他那邊有何用意？陸天期記得的東西不會比我多，而且被圖書館關在白門後的是他，不是我，我才是圖書館認可的管理者，怎麼樣都該由我來說故事。」

但白貓只是靜靜地凝視著他，彷彿在問：「你記得些什麼？」

陸天遙一愣，他的腦中有許多片段，但都成不了一個畫面，他立刻扶住桌緣穩住了身。

「算了，我跟你計較什麼呢。」他用這句話帶過自己的不安，只得坐回位置上，眼前的藍小築還是睡得香甜，她大概生前沒辦法安穩的睡，才會在這時候也能模仿出人類的行為入睡。

那就只能先依照原訂計畫，閱讀和子的《緣起於死後》，這裡一定會寫到和子消失的那一天，究竟發生了什麼事情。

*

「真正的管理者待在這裡的時間是永遠。」和子重複了陸天期的話，「這是什麼意思？」

「不就字面上的意思嗎？」陸天期覺得和子問了個好笑的問題。「現在的管理者只要說完了故事，接班人出現，就會換一個，但也許圖書館要的是一個長久又不會離開的管理者。」

「你的意思，就是你們？」和子比著陸天期和躺在一旁酣睡的黑貓，陸天遙。「這太可笑了吧，我沒聽過這種說法。」

「你們不也都沒聽過圖書館說話嗎？那正是代表你們都不是圖書館要的管理者，只是我們到來前的暫代職務。」陸天期說得自然，不知為何，莫名有說服力。

「但如果是永久的，表示你們根本不會講故事，或是說，根本不會有你們的書出現。」和子狐疑看著他，「你既然都記得，為什麼不說故事？」

「雖然記得，但是還少了一些元素，所以暫時……」陸天期聳聳肩，瞥了一下黑貓陸天遙，「我希望是到了最後關頭，連天遙都發現不對勁的情況下，我才會說出故事。」

「還有這樣子的。」和子冷哼。

「當然有啦，好的故事，就要在對的時間出現，這樣才會加倍好看。」陸天期露出興奮的模樣，和子只是努努嘴，覺得無法接受。

黑貓張開眼睛，陸天期比了聲噓，又恢復了原本孩童的模樣，而陸天遙如同以往，打了個哈欠，絲毫沒注意到他剛才睡著或是變成黑貓，只以為自己恍神了。

日復一日，每天都是如此，圖書館依舊絡繹不絕，說故事的人、看故事的人來來去去，和子也習慣了身邊有兩人的陪伴，尤其當陸天遙入睡後，那虛幻美麗的青年便會挽著她的手，與她共舞。

有時候他們會聊天，大多都是陸天期傾聽與發問，和子說著她的故事，不過其實也不需要她特地說，畢竟和子的故事都寫在了那本《緣起於死後》，所以只要翻閱，就能知道她的過去。

這件事情和子當然也和陸天期說過，不過陸天期只是搖頭說：「我想聽妳親口說。」

和子無法忽視內心的悸動，她有多久沒有這樣的情緒，都忘記她曾經如此喜歡戀愛的感覺，也許是因為待在這裡太久，讓她也產生了些許錯覺，但和子的確很享受這樣的氛圍。

尤其每當陸天遙醒來後，她和陸天期還必須裝作和平常一樣，在陸天遙看不見的地方兩人眼神交會後的會心一笑，更是讓和子心花怒放的。

這大概不是愛情，但又不只是單單寂寞而需要陪伴的那種，也許是很靠近愛情的一種情感了吧。

「和子最快樂的時候，是什麼時候呢？」陸天期躺在圖書館大廳的地上，看著穹頂的天花板，想像那是一片星空。

「最快樂啊……大概是小時候吧。」和子一生快樂的時光很多，傷心的時間更多，但最無憂無慮、毫無計算的單純時光，就是孩提了。

「我們家很窮，住在一個偏遠的小村落，那裡沒有金錢、貪婪、猜忌，大家全自給自足，過得很辛苦，可是卻很快樂，我會和其他小朋友到溪邊抓魚，晚上會和媽媽一起生火炊飯，清晨看著哥哥和爸爸外出打獵……那是一段很窮，卻很開心的日子。」

「那為什麼和子會離開讓妳快樂的地方呢？」陸天期低聲問，他靠得和子好近，肩膀幾乎要碰在一起。

面對身為白子的陸天期，如夢似幻的美少年，和子總是會不小心忘記呼吸，即便現在他們都不需要呼吸。

「因為……發生了天災，我們的村子瓦解了，只剩下幾個倖存者，而我就這樣輾轉在各個人家，然後練就了一身保命的本領。」和子擺擺手，不想去談自己怎麼從一個單純的樸實女孩，蛻變成機關算盡的風塵女人。

畢竟她當年才不過八歲，她所待過的地方，沒一個人真正把她當人看，她被當作奴隸買賣著，被人冤枉、誤解、毒打、趕出家門。於是她明白了，永遠不會有一個地方像她的故鄉一樣，如此良善、純潔又善待彼此。

所以哭完了以後，她明白往後只能靠自己，學習了每個人的臉部細微表情，試探著對方喜好並迎合，懂得閉緊嘴巴且又做事利索，很快的便受到老爺賞識，但因為老爺太過喜歡她，夫人便趁著老爺長途外出時，把和子趕了出去。

她在大街上看到風光無比的舞小姐被人簇擁，於是好奇跟了進去舞廳，由於她的姿色不錯，便讓老闆娘留著。

和子終於找到了屬於自己的地方，舞廳是她生命的轉折，讓她生、也讓她滅，她在這裡談了幾場逢場作戲的戀愛，也談了幾場認真的戀愛，但那些男人永遠不會永久駐留在一個舞小姐的身上。

一路走來，她不曾後悔，因為後悔於事無補，她一直以來所思考的都是如何別重蹈覆轍，要怎麼能踩在別人頭上，讓自己屹立不搖。

「然後一個不小心，就被人殺死了。」和子苦笑。

陸天期握緊了和子的手，這讓和子愣了下：「你這是在安慰我嗎？」

「這是安慰嗎？」陸天期似乎對這詞很陌生。

「不然為什麼要握著我的手？」和子抬高了他們交握的手。

陸天期盯著兩人的手，「只是覺得好像該這麼做。」

「真是溫柔呀。」和子笑了聲，她總是會被溫柔的男人吸引。

「這還是第一次有人這樣說我。」陸天期吶吶地回。

「你二十年的人生，難道從來沒被人說過溫柔？」和子好奇，並沒有抽開交握的手。

「沒有。」

陸天期回得斬釘截鐵，讓和子更加有興趣，「不然呢？都說你冷冷的嗎？」

這一次陸天期沒有回話，只是靜靜地看著天花板。

「你問了我很多過去的事情，但卻都不說自己的，太奸詐了吧。」和子覺得不公平。

「因為我先說了也沒有意義，現在還不到我們說故事的時間。」

「你怎麼能這麼肯定？難道又是圖書館跟你說的嗎？」和子打趣道。

「不然可以來試試看。」陸天期坐起身體，和子也跟著從地板上爬起來，兩個人坐在圖書館中央盯著彼此看。

「那我要說了，和子。」陸天期瞇起眼睛，那雙眼逐漸變成淡淡紅色，「沒有人說過我溫柔，他們都說我是——因為我——有時候我還——」

陸天期的確有說話，但是在那些關鍵字的地方，都被一種強烈的雜音給干擾，和子想看清楚陸天期的嘴型，但那裡卻一片模糊，好像畫面被打上馬賽克一般，越想看清楚，頭只會更加暈眩。

「啊……」和子往後一倒，陸天期眼明手快地扶住了她。

「所以我不是說了嗎？和子。」陸天期嘴角帶著冷然的笑意。

「怎麼會這樣？難道真的還不到你說故事的時候？」現在又一切正常了，難道這圖書館還真的有自己一套說故事的方式？

「我想，一定得要等到和子妳的故事完結後，才可以換我的故事開始吧。所以我不是不告訴妳我的過去，而是說了，妳也聽不到。」在這瞬間，和子彷彿看見陸天期的落寞。

能來到這座圖書館的人，都擁有比常人悲慘的命運，更是從來沒有雙胞胎一同抵達的，陸天遙和陸天期，他們生前究竟發生過些什麼？

而又是什麼原因，才會讓圖書館把他們當作永久管理者呢？

這些答案，和子大概都沒辦法知道了。

一想到這裡，她便有些寂寞。

「那總能告訴我，你有沒有過珍惜的對象吧？」和子言下之意是，你有沒有交過女朋友。

陸天期當然聽得懂，這一個小問題的答案，他還不會吝嗇給予：「有。」

「這樣啊。」和子覺得踏實多了，至少在陸天期悲慘的過往人生之中，曾經也有過一個女孩讓他心動。

從那之後，和子就沒再問過陸天期生前的問題了，既然圖書館不讓他說，那也沒辦法。

白天，她和兩個孩子待在圖書館看書，即便和子在這待了上百年，也沒辦法閱讀完這邊所有的故事。

夜晚，她則會和變回青年模樣的陸天期一同跳舞、談心、說話。

這種日子過了很久，甚至連和子的書都沒有更新了，久到和子以為，他們三個人會永遠待在這裡。

但是變化總是突如其來。

「請問這本書有其他姊妹作嗎？」來者忽然出現在整理書櫃的和子身後，和子差點把書都落到地面。

她回頭看了來者手裡的書名，卻發現哪裡不太對勁。

是了，她看見一雙手，清清楚楚的手，這讓和子十分訝異，來者在他們眼中一直都是模糊不清的模樣，只能勉強看得出是個人形，但眼前拿著書的來者卻有著人一般正常的手掌，這讓和子立刻抬頭看了這位來者。

這一看不得了，竟然是和子生前的爸爸，這讓和子大驚，但來者只見和子驚訝的臉龐，卻不明白她為何驚慌。

「請問，這本書有姊妹作嗎？」和子的爸爸又問了一次。

「您、您怎麼在這裡？」和子鬆開了原本抱在懷中的書，直接抓緊了爸爸的肩膀。

「我來借書呀……」和子的爸爸覺得不知所措。

「但是您……」

「和子小姐，怎麼了嗎？」陸天遙咬著食指，有些擔憂地從書櫃後探頭。

「天遙，你看一下這個人，他……」

「不能對來者不禮貌呀，和子。」陸天期從另一邊走出來，手裡拿著另一本灰色書籍，「這本就是它的姊妹作，同一個家庭，但不同代。」

「太感謝你了！這故事真是太好看了，我們全家都在期待呢。」和子的爸爸興奮地說，拿起了書就往門口走。

「等一下！我的話還沒問……」和子要追上去，但是圖書館的門已經關上。

和子不敢相信會在這邊見到自己的爸爸，那真的是她的爸爸嗎？據她所知，她的爸爸人生即便辛苦，但也不算悲慘，應該不符合來到圖書館說故事的身分。

不，爸爸的身分是來者，為什麼？她一直以為來者是怪物，但如果是她的爸爸，那不就表示來者也曾經是人類？

更重要的是，來者一直以來在他們眼中都只是黑影，為什麼這一次會清晰地看見她爸爸的臉？

「和子小姐，妳還好嗎？」陸天遙擔心地走到和子身邊，發現她渾身顫抖，於是伸出了小手拉了拉她。

而陸天期也走到身邊，淡淡地看著。

「你們剛才見到的那個人……長什麼樣子？」

「來者不都長一樣嗎？」陸天期覺得和子這個問題很奇怪。

「就是一團黑糊糊的，看起來像是影子一樣，可是又更淡。」陸天遙倒是給了很具體的說法。

「怎麼會這樣……」和子無法克制自己，她立刻衝到了圖書館的門邊，準備將門打開。

「我們可以出去嗎？」陸天遙還天真地問，但陸天期已經立刻追上要拉住和子。

電光石火之間，和子的手一碰觸到大門門把，下一秒已經被彈飛開來，筆直撞往最後面的白牆上，力道之大，讓一旁的書從書櫃上掉落了幾本書下來。

「和子小姐！妳沒事吧？」陸天遙嚇呆了，衝了過去要攙扶和子，陸天期也十分詫異，他轉頭看著和子面無血色，下一秒便痛哭起來。

陸天期伸手也想碰觸門把，但卻看見了些許閃光，他明白自己碰觸，也會遭到跟和子一樣的下場，圖書館是不會讓管理者離開這裡的。

那天夜晚，陸天遙因為擔心和子的緣故，到了很晚才睡覺，而與此同時，陸天期才能變回原本的青年模樣。

他走到和子身後，看著一向站得筆直又美麗的和子，如今卻哭花了臉，縮在角落狼狽至極。

「怎麼回事，和子。」陸天期蹲到了她的身邊，而和子再次哭了起來。

「那個不是來者，那是我的爸爸！」她哭著把這一切告訴陸天期，起先，陸天期不相信，因為在他眼中看見的，確實是來者。

但和子沒必要說謊，這意味著什麼？

意味著，這座圖書館的「噬讀者」，不是他們原先想像的怪物，而是人類的靈魂。

「我找過圖書館所有的書籍了，這裡沒有我家人的故事，所以他們是從哪裡來的？

這圖書館的外面？還是陰間？或是天堂？到底是哪裡？這麼久了，他們為什麼都沒有投胎？」和子想不明白，圖書館的外頭，是說故事人心中的夢魘或是天堂。

當說完故事後，他們能選擇回到自己建構的天堂，或是去到陰間再一次輪迴。這一些，也都是歷代圖書館傳承下來的，嚴格說起來，就連管理者都不知道這圖書館是屬於哪裡，他們只是微小的記錄者。

「我爸爸還說，家人都很期待那本書，表示我的家人在這世界的某個地方生活著，就算死了以後，他們也還在一起，可是我卻在這……」和子痛哭，而陸天期抱住了和子。

「我也在這啊，現在這樣生活不好嗎？」

「我想見我的家人……」和子這輩子最快樂的時光，就是那無憂無慮的童年。

「我和天遙，也能是妳的家人。」陸天期如此說著。

和子的爸爸借走了書籍，勢必還會拿回來還，所以和子耐心地等待著她爸爸到來，這期間她無法專心做任何事情，就連有新的故事上門，和子也沒辦法專心聆聽和記錄，這件事情便落到了陸天遙以及陸天期手上。

「記錄故事還挺有趣的。」當他們完成了第一本書籍時，陸天遙天真地對陸天期說，後者只是聳肩。

「和子小姐最近都好奇怪呢。」陸天遙看著站在窗邊發呆的和子偷偷說。

「她很快就不會奇怪了。」陸天期回應。

當天夜裡，當陸天遙再次變成貓入睡時，陸天期與心不在焉的和子跳舞時，和子居然絆了一跤，這是她從不可能犯的錯誤。

「和子，妳見到妳爸爸後，又能怎麼樣呢？」陸天期見著和子的模樣，覺得心煩意亂。

「我想問問他們好不好，這幾年過得怎樣，怎麼沒有投胎等等……」和子揉著剛拐到的腳踝，但她其實也不會受傷，只是生前的習慣罷了。

「來者在我們眼中，是一團黑霧。但在來者眼中，我們應該就是人類的模樣。而妳的爸爸並沒有認出妳來。」陸天期提醒著事實。

「因為天災發生的那時，我才八歲，這麼多年過去了，他們也不會知道我長大後的面容。」和子解釋。

「好，就算這樣好了，妳和他們相認了以後呢？妳能出去嗎？妳說完了故事不就要離開？緣分早在死亡時就切斷了，妳該做好的是自己的本分。」陸天期難得動怒。

「我知道，但我就是想……再和他們好好說話，讓他們知道我也過得很好……」和子也不確定自己想要怎樣，但好歹得和他們相認。

她抓住陸天期的手，「幫幫我好嗎？」

陸天期似乎無法拒絕和子，「但妳要答應我，不能再跟上次一樣，妄想追出去。」

「我答應你。」和子說，而陸天期將她擁入懷中，這還是第一次兩人有如此親密的接觸，她抬眸對上陸天期如玻璃珠般的雙眼，從他的眼中看見了自己。

誰先靠近了誰？又是誰先允許了誰？

唯有四唇交疊的瞬間，讓和子再一次體會到活著的感覺。

陸天期纖長的細白手指滑過和子的紅色旗袍，在她的腰窩停留一下，又逐漸往上，大手貼在和子的背上，和子呻吟一聲，媚眼巧笑，卻不小心撞到了書櫃，掉落了幾本書。

兩人一驚，陸天期探頭瞥了一眼，確定黑貓在大木桌上睡得香甜沒有動靜，才又俯身親吻和子的臉頰、鼻尖、唇，最後一路吻至鎖骨、胸前、腰。

「等一下……」和子輕喃，「我們這樣太……」

「太快？」陸天期露出邪媚的笑容，他從和子的兩腿間起身，將下巴靠在和子的肩膀，為和子背後的拉鍊拉上，「現在才說太快，已經來不及了。」

和子環抱著陸天期，在他懷中笑得幸福。

他們整理好衣物後走出隱密的書櫃之間，陸天遙已經變回了人形，正縮在角落看書，「你們跑去哪裡了？」

「就在裡面整理東西。」和子說，回過頭，陸天期也已經變回孩童模樣。

「這裡很整齊呀。」陸天遙一邊說，一邊又翻了一頁，眼尖的和子發現，那是上一次她爸爸借去的書本。

「你怎麼拿到這本的？」和子心一急，抓緊了陸天遙的肩膀。

「剛才有人來還的呀……」陸天遙被和子的模樣嚇到，伸手比了一下對面書櫃的廊間。

和子轉頭，果然看見了她的爸爸就站在書櫃中間，其他來者都是模糊不清的黑影，唯有她的爸爸真切得像是活人一樣。

「和子！」但是當和子就要往爸爸那跑去時，陸天期卻用力拉住她的手，「妳要去哪裡？」

「我爸爸在那，我一定要去找他。」

「妳不會離開吧？」這是陸天期第一次流露出慌張的模樣，他蹙緊的眉心無法鬆開。

「不會，我只是想跟他好好說話，問清楚。」和子答應陸天期不會離開，凝望他的眼睛好久好久，陸天期才緩緩鬆開手。

事實上，只是孩童的陸天期力量哪大得過和子，陸天期也不會在陸天遙面前變身成為大人的模樣，所以和子沒有使用蠻力把他甩開的這一點，陸天期還是知道的。

他安撫自己的不安，告訴自己，不會的，和子不會拋下他。

不會跟「她」一樣，把自己丟下來。

和子來到她爸爸身旁，壓著胸口那不再跳動卻依舊澎湃的心臟。

「請問……」

「啊，管理員小姐呀。謝謝妳上次找到姊妹作給我，我家人都很喜歡。」和子的爸爸一如她記憶中般微笑，那眼角的紋路如出一轍，這的確就是她的爸爸。

「您說……您的家人，他們都在外面嗎？」和子小心翼翼地問。

「是呀，我們全村的人都住在特三區。」

「特三區？」不熟悉的名詞。

「簡單來講，就是陰間啦，某個區域叫作特三區，會稱作特三區是表示，那個地方的人都在等待親人到齊，才會考慮往後是要投胎還是繼續待在陰間。」爸爸笑著，又說起總共有特五區，每一區的靈魂執念都不同。

「那我們這圖書館是在特三區囉？」

「不，圖書館是特別的存在呀，只要靈魂想看故事，就得去行政局申請借書證，然後刷感應條碼就能從旁邊的門進來了。」爸爸說的話讓和子有些愣然，他們這些說故事的人來到圖書館，都要經歷過一些奇異的風景。

啊……所以，說故事的，和看故事的，都曾經是人類。

人類喜歡人類的悲劇，從古至今，人類都藉由比較顯得自己優越。

圖書館存在於任何地方，只有管理員待在這記錄故事，而說故事的人需經過旖旎風光，來者則是居住在陰間各區的靈魂，他們抵達圖書館的方式，就是透過各地的行政處所取得借閱證，然後從一個普通的門進來。

一進來，便是如此富麗堂皇的圖書館，像是一個虛無的結界一般，把那些外部的門與圖書館的空間連起來了。

「所以我們都不知道圖書館的外觀長怎樣呀，只聽過我兒子說，他在學校的書本上有看到過，是個相當豪華的西洋建築呀。」爸爸笑著，說出了和子在乎的事情。

「您說……全村都住在特三區，是表示……」和子摀住嘴，「你們還在等誰？」

「那很久以前啦，我們的村莊發生了恐怖的天災，幾乎滅村了，有幾個村人逃了出去，但大多數的人都當場死亡，我們一群人一起來到陰間，不約而同都希望可以等到全村人到齊再去投胎。」說完爸爸垂下眼眸，「雖然說等著他們死好像不太好，但在這也跟活著一樣……這邊的時間又過得比較快，現在只剩下我的女兒還沒到來了……」

和子摀住嘴巴，眼眶泛淚，她在這待了好幾百年，而她的村子再更早以前就已經滅亡，這些村民們等了她多久？

「我、我就是和子啊！您不記得我嗎？」她哭喊出來，眼前的爸爸微微皺眉像是在思考，他仔細地端詳著和子的眉毛、眼睛，手還伸出來摸了和子的臉頰，最後老淚縱橫，「和子。真的是妳……妳一直都在這裡啊……」

父女兩人在圖書館中擁抱，一旁的陸天遙傻傻看著，而陸天期卻焦躁不安。

那一天，爸爸在圖書館待了許久，和和子聊了很多，似乎來者只有在管理員的眼中看起來是黑影，來者與來者之間，看到的彼此都是與常人無異。

圖書館的管理者，確實是特別的存在，因為在來者的眼中，管理員的身體邊緣會圈著一絲淡淡的黑邊。

到了不得不分別的時候，爸爸在離開前對和子說：「大家都很想妳，如果妳也能過來就太好了。」

這句話讓陸天期眼瞳瞬間因激動的情緒而轉紅，但其他人都沒注意到。

和子雖然很想見她的家人，想回到無憂無慮的快樂童年，但是她也無法完全割捨陸天期與這圖書館。

所以當爸爸離開後，和子轉身對著兩個孩子笑說：「我還是會待在這。」

陸天期聽聞，才慢慢冷靜下來，來到和子的懷中。

「你居然會撒嬌。」陸天遙有些訝異。

然而好景不常，到了夜晚，陸天遙都已經變成了黑貓安穩入睡時，爸爸再次來到，並哭著告訴她，原來相認也算是一種到齊，所以他們全村都收到通知，要他們必須選擇該往哪去，不能再待在特三區。

「妳的哥哥決定投胎，媽媽也要陪著他去投胎，和子呀，妳能出來去見一下他們嗎？不然永遠都見不到了。」

「不行，我出不去。」和子慌亂。

「怎麼會不行呢？」爸爸並不了解。

「除非故事說完，否則我不能……」故事——和子忽然想到了她的書本，她立刻翻起那紅色書籍，接著顫抖不已。

她的故事，什麼時候寫到了尾聲。

和子在這時候必須抉擇，她要待在圖書館，與她那可能是戀人卻又不夠了解的陸天期在一起。

還是，和她的爸爸離開圖書館，永遠和剩餘的家人生活在另一個天堂。

在她心中的天平，會倒往哪邊？

故事還沒寫上「全文完」，這本書在等著她的答案，無論她的答案是什麼，她的故事都已經走到最後，她都需要離開圖書館。

然而，她不知道離開圖書館以後，她所去的地方和她家人一不一樣，但現在跟著爸爸走，至少能確定一定是和爸爸一塊兒。

她幾乎不用猶豫，轉過頭看了青年版的陸天期。

「不……不……」陸天期從她的眼神中明白了想法，他發狂，衝了上去拉住和子的手。

「我要去見我的家人。」和子被拉得有些疼痛，但是她還是說出了她的決定。

「妳答應過我不會離開的！妳說不會走的！」陸天期大吼，他的雙眼變得腥紅，這憤怒的模樣讓和子有些嚇到。

「我的故事寫到尾聲了，無論我走不走，我都必須走！」和子吼著這個事實。

「但至少不是現在！不是在我和別人之間選擇了別人！」陸天期用力抓著和子。

「不、不要這樣子，你好好說……」和子的爸爸擔憂地緩頰，管理員是沒辦法傷害來者的，所以陸天期的怒火對爸爸來說一點威脅也沒有，但他還是被眼前文質彬彬的青年忽然變臉而嚇到。

「和子！我不准妳走！妳要在這裡！」陸天期大吼大叫，然而如此大的動靜，都沒能驚醒還在睡夢中的黑貓狀的陸天遙。

和子因被拉扯而疼痛，她的書也掉落到了地面，頁數隨風翻動，停在最後。

陸天期拉著和子，而和子的爸爸則立刻跑往圖書館的門口，他用力拉開了門，朝著和子喊：「和子！快點！快往這裡！」

「和子！快點！快往這裡！」

所有書裡寫下的動作，正一一實現，分不清楚是字先出來，還是人為的動作先出來，到底是書籍掌控了他們，還是他們掌控了書籍？

「陸天期！放開我，我好痛！」

「我不會放手，妳要留下來，妳喜歡我不是嗎？那就為了我留下來！」陸天期大吼，他通紅的雙眼盈出淚水。

「和子！快點跟我走，別待在這邊！」爸爸拉著和子另一邊手往圖書館門口去，門外颳進強風，和子的紅色書籍發出光亮。

它正在快速填滿字句，和子的書籍就要完成了。

和子心意已定，她用力甩開陸天期的手，和她的爸爸往門口跑，當和子越接近門邊，她的身形亦逐漸縮小，逐漸變回最快樂的童年時光，那八歲的模樣。

而陸天期卻不讓和子走，他撲了過去，這一次，用力將和子的左手臂撕了下來，就像是撕雞肉一樣，這麼輕易地扭斷了她的手。

「啊啊啊啊———」和子尖叫，她不該感覺到痛的，但她還是尖叫了，因為這場面太過怵目驚心，血跡斑斑，她不可置信看著陸天期，而對方卻冷靜下來。

「要走的話，就留下妳一樣東西吧。」陸天期淡然的話語，讓和子毛骨悚然。

在圖書館門關上的瞬間，她彷彿瞧見黑貓陸天遙走到了陸天期身邊，而和子的手臂，變成了一隻白貓，與此同時，黑貓也從陸天遙身上分裂出來。

碰———

圖書館的大門關上，和子看見的不是她記憶中美麗的西洋建築，而是一個再普通不過的辦公室。

周遭的不是來者，而是看似與人類無異的人，貨真價實的人。

「和子，妳不用擔心，我們到了那邊，會請醫生幫妳治療的。」和子的爸爸抱起和子，像是孩提時代那樣，爸爸的懷中是全世界最有安全感的地方。

「嗯。」和子滿足地笑著，用剩下的一隻手抱緊她的爸爸。

她想快點回去那童年記憶的地方，和她的家人、朋友們在一起。

第四章

親愛的女兒

陸天遙顫抖地看完了《緣起於死後》，裡頭清楚記錄著自己在夜晚會變成黑貓，以及陸天期早在他們一抵達圖書館的時候，就記得一切，甚至還會變回現在的模樣。

那一天，和子消失了以後，還發生了什麼事情？

他記得黑白貓都是忽然出現，而真實的來由原來是這樣子嗎？

一直以來，陸天期根本什麼都知道，甚至還跟和子談戀愛。

陸天遙起身，走到白牆邊，那裡現在沒有門，他用力敲著說：「陸天期！你聽得到嗎？陸天期？」

但白牆後絲毫沒有動靜，他轉身看著坐在桌上的白貓，「所以你是和子小姐的一部分嗎？和子小姐現在在哪？」

白貓雙眼瞬也不瞬地看著他，並沒有要回答的意思。

「把我的書還給我！」他朝白貓喊，白貓只是轉轉尾巴。

「陸天期！把那本書還給我！我不相信你！」陸天遙沒這麼激動與不安過，他對於生前的記憶一直以來都是片段且模糊，但即便如此，他也認為自己記得大部分重要的事情。

可是如今，他卻自我懷疑了，因為他連自己會變成黑貓都沒有自覺，甚至連現在都還會這樣，為什麼？

還有，和子故事裡提到，陸天期說他有過珍惜的對象，但在陸天遙的記憶之中，陸天期沒有過女朋友，他們一直都待在一塊兒，在那小小的房間裡頭，一直都只有他們兩個。

不，偶爾好像會有人來，但好模糊，好瑣碎，陸天遙覺得頭痛欲裂，整個人忽然跪了下來。

「那個，你還好吧？」藍小築起來一陣子了，但見著陸天遙好像在忙，便沒出聲，但他現在看起來好像很不舒服，所以藍小築才開口詢問。

「沒什麼……」陸天遙扶著一旁的桌子起身，那頭痛的感覺消失了，而白貓歪頭喵喵幾聲，跳下了桌子，跳到陸天遙的肩膀上。

「我準備好了，可以繼續說故事了。」藍小築說。

現在，陸天遙的心萬分浮動，他似乎沒辦法好好聽藍小築說故事，他只想叫出陸天期解釋清楚。

喵～～喵喵。

白貓舔著陸天遙的臉頰，這讓他一愣，就連黑貓也不曾做過這樣事情。

一直以來，白貓都親近陸天期，黑貓則親近自己。在圖書館發生異變的那天，陸天期被趕到了白門之後的白色空間，而由陸天遙來掌管這裡，白貓跟著陸天期去了，而黑貓留在這邊。

如今，他連黑白貓何時出現都不清楚，甚至沒有去質疑過為何有貓的存在，在和子的書中彷彿找到了一絲答案。

是啊，如果一切都是圖書館的安排，他再怎麼急迫都無法得知，至少陸天期現在開始訴說過去的故事，也許晚一點，圖書館就會願意換他來說。

畢竟他們兩個的故事，得他們兩個一起才完整。

「那麼，請妳繼續吧。」所以此刻陸天遙只能做好自己的本分，就是記錄下藍小築的故事。

＊

藍小雙再怎麼痛恨藍宗壬，也無法真正討厭自己的孩子，她也曾在藍小築喝完奶睡著的時候，伸手想掐死她，但見到藍小築發紫的臉，她又趕緊鬆開。

為此，她痛哭失聲，這孩子的存在明明是提醒自己被親生爸爸侵犯的事實，可是她卻下不了手。

「對不起，對不起……」藍小雙抱緊了她的孩子不斷道歉，想起了自己的媽媽，在媽媽還在的時候，她還有能哭泣的地方，如今她也成為了媽媽，必須要當這個孩子的支柱。

藍小雙已經沒有去上課了，她待在家裡照顧藍小築，並且像個家庭主婦一般打掃屋內、烹調食物，等著藍宗壬工作完畢回到家。

以為有了孩子以後，藍宗壬便會對她失去興趣，但藍宗壬儼然把她當作妻子看待，在藍小築睡著後，還是會一遍遍地要她的身體。

「這是我應得的，我養妳長大，這是妳該回報我的！」每當藍宗壬在上衝刺的時候，總是會說著這些不知道是要說服誰的話。

也許做一件錯事和做一百件錯事都是一樣的，所以藍宗壬乾脆豁了出去。

藍小築的名字是藍宗壬取的，特意取得和藍小雙差一個字，並去報了戶口，成為藍小雙的妹妹。

「這種事情要是被大家知道，妳覺得別人會怎麼看妳？難道妳還妄想著有幸福的人生嗎？」藍宗壬總是會說這樣的話威脅她，然後過一陣子又會哭哭啼啼地縮在藍小雙的臂彎之中，「是我沒有用，讓妳們委屈了，不要丟下我。」

藍小雙覺得藍宗壬已經瘋了，她渴望帶著孩子逃離這裡，但她明白除非成年，她怎麼也無法逃離，不，戶口上藍小築是藍宗壬的女兒，自己只是姊姊，只要藍小築沒有成年，藍宗壬永遠可以透過正當管道找到她們。

她的年紀太輕，輕到不知道如何帶著一個孩子在外生活。輕到明明知道藍宗壬是錯的，也不敢去報警請求協助。

唯有藍小築天真的笑靨，能成為當時黑暗中的唯一光亮。

藍小築說到這邊停頓了一下，拿起桌上的茶杯輕啜了一口，「這些事情，我都是後來才知道的，我一直以為他們是我的姊姊和爸爸，沒想到卻是媽媽和爸爸……或是阿公。」

「妳什麼時候知道的？」陸天遙在本子上迅速記錄。

「……」她沉默一會兒，「幼稚園就知道了，但是我當時聽不懂媽媽的意思，只記得她一直哭。」

扣除掉她沒發現藍小雙的真實身分，以及這些年來藍小雙持續被藍宗壬強暴外，藍小築有個還不錯的童年。

只是這幾年藍小雙學會了消極的自我保護方式，便是長時間吃著避孕藥，沒有人可以幫她，她也找不到方法幫助自己，只能時不時地偷偷向神明禱告，希望這樣的惡夢快點結束。雖然她也不知道，什麼叫作結束。

藍小築四歲那一年，幸運地抽到了公立幼稚園，而那天藍宗壬有個無法推辭的工作，無法參加藍小築的開學典禮，為此他十分不愉快。

「姊姊、爸爸，好了嗎？」藍小築穿著漂亮的藍色洋裝，站在房門外歪頭。

他聽見裡面傳來姊姊的哭聲，還有爸爸不知道在吼些什麼的低沉嗓音，以及規律的碰撞聲。

「好了嗎？」她伸手要開門，卻發現門被鎖住，所以她敲著門，「要遲到了——」

過了一會兒，門打開了，藍宗壬擦著臉上的汗水，一邊將上衣塞到了褲子裡頭，一臉愉悅地彎腰摸了藍小築的臉蛋：「爸爸今天沒辦法去學校了，妳要乖乖聽姊姊的話知道嗎？」

「好！」藍小築高舉一隻手。

「那爸爸去上班，要不要親親爸爸呀？」藍宗壬比了自己的嘴，藍小築湊上前親吻了下。

「你在做什麼?!」然而藍小雙一臉驚恐地從床上爬下來，衣服凌亂，頭髮也沒整理好。

「我讓女兒親我一下，不行嗎？」藍宗壬抱起藍小築，另一手按壓藍小雙的臉頰，強迫她嘟起嘴，「這邊的女兒，也要一個吻別。」

然後湊了上去，濕熱噁心的嘴唇再一次侵犯著藍小雙，她痛苦地伸手遮住藍小築的眼。

「我也要親姊姊！」尚小的藍小築哪懂，她開心地湊了上來，親親藍小雙的臉頰。

「原本聽到懷孕了還擔心會不會是畸形，看樣子我們運氣夠好。」藍宗壬滿意地看著藍小築，並將她塞到藍小雙的懷裡。

「要是讓我知道妳出了什麼亂子，別怪我不客氣。」順道，在藍小雙的耳邊警告。

他必須讓藍小雙懼怕自己，藍小雙才不會逃離，畢竟今年藍小雙都二十歲了，已經有能力逃走，好在還有藍小築的存在，這是他還能控制藍小雙的棋子。

藍小雙咬著的唇都流出血來，她顫抖地用力點頭，而天真的藍小築還揮著手，和這個將她媽媽推入地獄的男人說著路上小心。

等藍宗壬離開後，藍小雙立刻把藍小築放下，衝到廁所去嘔吐了一番，藍宗壬讓她噁心，每一次只要見到他，她都要克制噁心的衝動，甚至每次在被他侵犯的時候，她都要用力咬著唇或是用指甲捏緊自己的肉，讓那些痛轉移她想吐的噁心慾望。

「姊姊，妳怎麼了？」藍小築愣愣地跟在後面，盯著藍小雙腿上的一些瘀青，還有過於纖細的身體。

「小築，我不是妳的姊姊。」藍小雙關掉水龍頭，雙手撐在洗手臺邊喘著氣，藍小築總有一天會長大，她不能讓自己的女兒一直認為她是姊姊。

「什麼？」藍小築歪頭。

「我不是妳的姊姊！」藍小雙轉過身，蹲了下來抓緊藍小築的肩膀，看著天真可愛的女兒，這張臉像極了他，但也像極了她，她哭了起來，「我是妳媽媽！」

「媽媽不是死掉了嗎？」藍小築指著客廳的神壇，那是藍小雙的媽媽。

看著黑白相片裡頭，媽媽那微笑的臉，藍小雙痛哭起來，藍宗壬甚至還在神壇前侵犯過自己，讓她看著媽媽的照片，聽著他的穢言穢語。

「小築，妳聽好，這是我們兩個的秘密，妳誰也不能說，甚至是妳爸爸也不行，妳能答應我嗎？」藍小雙認真地看著她，放在肩膀上的重量是那麼沉重，她要這個孩子快點長大。

被藍小雙的氣勢給影響，藍小築愣愣地點了頭，握緊自己書包的背帶。

「我是妳的媽媽，但是妳爸爸強暴我，他也是我的爸爸，妳懂我的意思嗎？我是妳的媽媽，不是姊姊，可是妳不能喊我媽媽，等到妳再大一點，我就會帶妳離開這裡，在此之前，我會保護妳，我會保護妳的。」藍小雙顫抖無比，把這個孩子當成是年幼的自己，她以前無法保護自己，這一次，她要好好保護她的孩子。

年紀尚小的藍小築根本聽不懂強暴是什麼意思，但是她看得懂藍小雙的表情，那種恐懼與認真，讓她也明白這件事情的重要性。

可是在當時的藍小築心中，藍宗壬是個對她十分友好的爸爸，是她的爸爸，而她也愛著她的爸爸。

一個年紀這麼小的孩子，父母就是她的全世界，所以她哪會明白「不能和爸爸說」這句話的嚴重性呢？

所以在夜晚，藍宗壬幫她洗澡的時候，她把這件事情說出來了。

「妳說……姊姊說是妳的媽媽呀？」藍宗壬放在藍小築身上的手停頓一下，隨即又笑咪咪地擠了許多沐浴乳，在藍小築的身上搓出了許多泡泡。

「呵呵呵，好癢呀，爸爸。」藍小築對於藍宗壬的碰觸與撫摸笑個不停。

「哪裡癢？這裡？還這裡？」藍宗壬的手一下滑到脖子，一下滑到腰間，一下又滑到大腿的內側，藍小築笑得更開心。

「妳喜歡這樣嗎？」

「喜歡，好好笑。」藍小築呵呵笑著。

「妳總有一天也會跟媽媽一樣長大，變成不聽話的孩子。」忽然藍宗壬低沉地說，他想起很久以前，當藍小雙也是這麼小的時候，也時常會和他洗澡，那時候藍小雙也會笑嘻嘻，但現在總是板著一張臉，在床上也像是死魚一樣。

就算他是爸爸又怎麼樣，都已經一起生個孩子了，上天還眷顧的沒讓藍小築成為近親下的畸形兒，這不就表示他們是天造地設的嗎？

藍宗壬看著藍小築的身體，成長真是不可思議，這樣的邱比特，有一天都會長成年輕曼妙的少女身材，成為能把身體當武器的女人。

「爸爸，那個是什麼？」藍小築指著他雙腿之間，她感到好奇，平常那邊不是那個樣子的。

而藍宗壬甚至沒有察覺自己已然勃起，為此他感到有些不可思議，但很快地他笑了起來。

藍小雙長大了啊，開始想逃了，想把藍小築拉到自己那一邊，但是她可別忘了，藍小築也是他的女兒，他既然能控制藍小雙，就也能控制藍小築。

「唉啊，怎麼會這樣子呢？是不是生病了？」

「生病了怎麼辦？」藍小築緊張起來。

「妳摸摸它，等它吐了，就好了。」藍宗壬笑著說。

藍小雙千算萬算，就是沒預料到，藍宗壬會變態到連五歲孩子都不放過，就只為了能控制她。

又或著，只是他的獸性私慾罷了。

＊

陸天遙再次停頓了，他皺起眉頭。

這世間是怎麼了？家庭該是人的避風港，但為什麼每個家庭都成為了惡夢？

不，正因為他身處於圖書館，才會一直聽到類似的悲劇吧，畢竟能來圖書館的人，都是經歷了常人所沒經歷的人生。

「藍宗壬有對妳……」陸天遙不確定要如何形容那兩個字。

「你說強暴嗎？」藍小築倒是很自然地回話，她臉上沒有過多的表情，「那時候沒有，對我來說，我最痛苦的時候都過去了，現在講的這些，都像是上輩子的事情。」

「那時候沒有，就表示之後他還是做了？」陸天遙再次拿起墨條，緩緩地磨出濃烈的黑。

「他必須有那麼做，我的人生才稱得上悲慘，才會來到這裡，不是嗎？」藍小築話語輕的不像是在說自己的事情一樣。

「沒錯。」陸天遙也如此回應。「那請繼續吧。」

白貓打了個哈欠，轉轉耳朵，像是也認真聽著一般。

*

那個東西真的會吐。

它會吐出白白、腥腥、臭臭的液體。

藍小築不知道那是什麼，但她不喜歡，可是藍宗壬每次都很高興，能讓爸爸高興，藍小築也就會覺得很開心。

「這是我們的秘密喔……」藍宗壬說完，總是會帶藍小築去買一些古早味的零食，有了那些零食，藍小築覺得這樣也沒關係。

藍宗壬從一開始要藍小築使用雙手，到後來要藍小築用嘴，之後則要藍小築裸著下半身，用纖細白皙的腿夾住，讓那些東西噴到藍小築的肚子上。

而這些事情，都是在藍小雙不在時才會做的，

在藍小築升上小二的時候，藍宗壬第一次伸手進入了藍小築身體裡，這讓藍小築嚇得哭了出來，甚至尖叫出聲，藍宗壬嚇得趕緊摀住藍小築的嘴巴。

「抱歉抱歉，是爸爸的錯，不會再這樣了。」他親吻著藍小築的小嘴，一遍一遍，吻得通紅。

「人家不想再這樣了，我不喜歡。」藍小築哭著。

「好好好，爸爸不再做了。」藍宗壬安慰著她，離開了藍小築的房間，過了幾分

鐘，她聽見藍小雙回來的聲音，下一秒是藍小雙尖叫，以及東西摔破的聲音，然後那些聲音沒了，取而代之的又是熟悉的碰撞聲，像是有人被打巴掌一樣的啪啪聲響。

藍小築從床上爬下來，偷偷從房門探出頭，見到了爸爸光著屁股擺動著，而藍小雙咬著下唇，雙手撐在牆上，她忍著不哭出聲音，卻餘光瞥見藍小築探出的頭，頓時藍小雙張大嘴，臉色發白，她驚恐地尖叫、抗議，要推開藍宗壬。

「就讓她看啊！」藍宗壬興奮極了，從後面環抱藍小雙的身體，一手掐著藍小雙的下顎，「看好了，小築，妳就是這樣出來的。」

「你這禽獸，我永遠不會原諒你，永遠不會！」藍小雙發狂吼著，卻掙脫不了。

「姊姊……爸爸……」藍小築搞不清楚，緩緩地走了出來，她不知道他們在做什麼，但是她不喜歡藍小雙哭泣的臉。

「爸爸，放開姊姊！」藍小築拉著藍宗壬的手，要他鬆開，藍宗壬頓時抽出，然後這一次往藍小築的臉上噴去。

「啊———」藍小雙尖叫，後面的事情藍小築記不太得了，只知道她臉上有很臭的東西，而藍宗壬笑著穿好褲子，從藍小雙的錢包裡面抽了幾張大鈔，外出去買酒。

藍小雙痛哭著立刻帶藍小築去洗澡，而藍小築不理解剛才的事情，但是她不舒服，也不喜歡。

「姊姊，妳為什麼要哭？」她還天真的問。

「我是妳媽媽……真的不行，不能這樣下去，我們快逃吧！」當下，藍小雙只想逃離，抱起了藍小築就往外跑，那時是冬天，外面氣溫很低，她們身上僅有一千塊，根本逃不了多遠。

不到一天，就被藍宗壬抓回家，這一次藍小雙三天三夜都被鎖在房間裡面，遭受什麼事情，藍小築那小腦袋瓜怎麼想，也想不出來，只知道那些撞擊、晃動、哭泣的聲音，沒有一刻停過。

＊

「我可以插話一下嗎？」陸天遙聽到此處不由得皺起眉毛。

「嗯。」藍小築點點頭。

「為什麼不求助警察呢？」再怎麼樣，藍小雙那時候都成年了，她應該可以想到這一點才對。

「啊……我忘記說了……自從爸爸強暴了媽媽以後，媽媽度過了一段糜爛的生活，她說反正身體都髒掉了，所以來者不拒，她援交、仙人跳、吸毒等，所以在警察那邊她的信用不是很好。」

「這不是太傻了嗎？」

「因為，媽媽說，當她做那些事情的時候，爸爸會很生氣，非常生氣，氣到哭那種喔。」說到這裡，藍小築笑了聲，「媽媽很享受看到爸爸那可悲的模樣，所以她故意那麼做……可是很快她就不那樣了，因為她十八歲了，再來做些什麼都是她自己要負責，她怕如果她被關進去監獄，爸爸就會對我亂來。」

「但是她沒被關進去，妳卻還是被亂來了。」

藍小築垂下頭。

「那是發生在什麼時候？」

「你知道女生的月經平均什麼時候會來嗎？」

陸天遙輕輕搖頭。

「平均十歲到十六歲就會來囉，而我比平均還要早，他們說是性早熟，大概在三年級就來了，而且還是和爸爸一起洗澡的時候來的。」

「到了三年級還一起洗澡，那他……」陸天遙止住。

「嗯，他對我的騷擾，那些年都不間斷，你知道他對我說什麼嗎？」藍小築抬眸，毫無生氣，一片死寂，「他說，『妳如果跟之前一樣拒絕我，我就會去找妳媽媽，對她做之前妳看到的事情，妳想再次看到媽媽哭嗎？』」

陸天遙無語，永遠只有人類可以超越人類的變態行徑。

「那些年除了進入我以外，他什麼事情都做過了，你能想像嗎？我才幾歲，我的身體甚至都還是個孩子，他怎麼有辦法那麼做？」藍小築的表情如此不解。

「難道妳們身邊都沒有可以幫忙的人嗎？」

藍小築轉了轉眼珠，「有啊，媽媽後來交了一個男朋友，是我同學的爸爸，單親爸爸，但是媽媽並沒有告訴他全部的實話，他們偷偷交往了好一陣子。」

「請繼續。」陸天遙拿起毛筆，輕輕在本子上記錄。

異常。

＊

藍小雙有男友的這件事情，是真正的秘密，這些年來，藍小築也明白了藍宗壬的異常。

藍宗壬雖打過藍小雙，但沒打過藍小築，他使用的暴力是另一種。

他對於自己能夠支配兩個女孩感到自豪，在社會上自己不被看重，在家卻能掌握主權這件事情對他很重要。

所以當某一天，他心血來潮要到學校接藍小築下課時，卻看見了藍小雙和另一個男人牽手的景象。

他怒火中燒，無法忍受有事情不在他的掌控之中，那男人高大、帥氣、一看就是活在眾人欽羨的眼光之中。

相比之下，藍宗壬只是一個癡肥的中年男人，腳還瘸了一邊，甚至薪水都不到兩萬。

他再怎麼不爽，也知道不能硬碰硬，要對付藍小雙有的是辦法。

於是，他回到家中，佯裝沒事般，在藍小雙的水之中下了安眠藥，讓她可以一覺到天明，然後，這一次他去了藍小築的房間。

九歲的藍小築覺得身體都要被撕裂了，她痛不欲生，如何尖叫、求饒，藍宗壬都沒打算饒過她，好幾次、好幾次，藍小築都覺得要暈過去。

她只記得藍宗壬不斷重複一句話：「只要生了孩子，妳們還能去哪？」

完事後，藍宗壬還是那句話，「要是妳告訴媽媽，剛剛那些事就會換成媽媽。」

所以藍小雙一直到藍宗壬把驗孕棒拿到她面前時，才知道了這個噩耗。

「去和那個男人分手。」藍宗壬笑著，「然後待在家裡，照顧小築，讓小築生下我的孩子。」

「我要去報警！你發瘋了嗎？小築是你的孩子！她才幾歲？」藍小雙幾乎要發瘋。

「妳不也是我的孩子嗎？我們親上加親啊。」藍宗壬吻上藍小雙，她用力推開他，瘋狂地朝他拳打腳踢。

「她不能生下來！她才九歲，你要她死嗎？」藍小雙衝過去抓起正在孕吐的藍小築，「我要帶她去醫院，我要揭開你這人面獸心，我早該這麼做——早就該——」

藍宗壬用力甩了藍小雙一巴掌，這不是他第一次動手，但卻是第一次如此憤怒。

他眼睛的怒火彷彿能射出火光一般，「這些都是妳的錯，誰叫妳要交男朋友，我們應該要永遠不分開，永遠都只有彼此！」

說完，他用力拖著藍小築和藍小雙，往房裡一丟，「直到她生下孩子以前，妳們都別想出去！」緊接著用力鎖上門。

「她不能生下來！她是你女兒，那個孩子會是畸形兒，她不行——她還是小孩子！」藍小雙瘋狂尖叫著拍動門板，她認為自己已經大聲到鄰居該要報警，可是沒有，什麼都沒有。

唯一有的是，藍小築一天天大起的肚子。

「媽媽……好痛……我好不舒服。」藍小築哭著，什麼都不懂的她，在冬天生下了一個男孩。

*

「妳在十歲那年生下了小孩？」陸天遙有些震驚。

「我死掉的機率很高，非常非常高，爸爸本來就沒打算讓我和孩子活命吧？他只是想要媽媽知道不能忤逆他，在那個房間，媽媽顫抖著幫我接生了，她的手全是血，削瘦的手抱起了我的美麗孩子。」

「那個孩子活著嗎？」

藍小築冷笑，「我不相信有神，因為要是有神，祂該憐憫我們，該讓我和孩子在那天都死掉，或是讓孩子是個畸形兒童，但是沒有，孩子長得非常非常漂亮，智力也沒有缺陷，連手指頭都沒有多或是少。」

近親、再近親，不一定會生出畸形兒，只是有那個機率罷了。

「男孩，還是女孩呢？」

「男孩，他渾身潔白，我以為自己生下了天使，在那個時候所有的疼痛與過去都不重要了，我和媽媽都認為，我們所遭遇的一切，或許都是為了能見到這孩子一眼……雖然他有點基因缺陷，但正是那樣的缺陷，讓他更加美麗。」

「什麼樣的基因缺陷呢？」

藍小築抬眼，輕輕微笑，「白化症。」

陸天遙書寫的手停下。

「我們的兒子，是個白子。」

第五章

我們的兒子

白子？

陸天遙盯著眼前的藍小築看許久，這麼巧的事情？不，圖書館不會安排巧合。

「妳生的是一個兒子嗎？」陸天遙問。

「是，怎麼了嗎？」

「我的哥哥也是白子。」

「白子很常見嗎？我不知道。」藍小築聳肩。

「妳只有生一個孩子嗎？還是是雙胞胎？」陸天遙追問。

「我只生了一個孩子，而且我想他還活著。」藍小築笑了起來，「你和哥哥是雙胞胎？」

「……好吧，是我多心了。」陸天遙止不住身體的顫抖，也許眼前這個女孩，和自己生前，或是其他人的故事線有關，他必須更加專注在這故事上，才能找出連起來的線索。

「爸爸當初用我來綁住我媽，讓她即便長大了也無法逃離。而如今，爸爸要同時綁住我和媽媽，就用我們的兒子……我這邊說的我們，是指我和媽媽，藍小成是我和媽媽的兒子，不是爸爸那噁心的人的。」

「我明白。」

「我原本以為，人生這樣已經夠慘烈了，但沒想到命運永遠不會讓妳失望，它總是當妳以為這是深淵的時候，又把妳推入更深的深淵。」藍小築看了一下桌面上的茶點，都涼掉了，「這些東西，以前爸爸時常準備在家中的桌上，我看了就噁心。」

「桌面上的東西，還有那邊的擺設，都是根據妳腦中所想的呈現，所以是由妳決定。」

「是這樣嗎？」藍小築歪頭，看起來很努力要想些別的東西，但最後搖頭放棄，「可悲的是，我再怎麼想，我還是都站在那個家中。」

「妳為什麼會自殺呢？」陸天遙翻了一下後面的空白頁數，其實剩下並不多頁了，畢竟藍小築的人生只到十七歲就結束，還太年輕。

「因為我在深淵裡頭發現黑暗。」藍小築輕描淡寫地說著，「生下了小成後，爸爸依然會輪流交替著侵犯我和媽媽，有時候甚至會在同一張床上一起，他享受這樣如帝王般的生活，而當我看見小成呆呆地站在床尾看著這一切時，我忽然明白了當年媽媽見著我在看時，那心碎都不足以形容的絕望。」

＊

有時候，妳認為人很脆弱，有時候，又會發現生命其實很堅強。

即便遭遇到這樣的事情，卻還會因為孩子而繼續撐下去，當她看著藍小成純潔的雙眼時，便覺得再等等吧，至少要等到他長大。

所以藍小築理解了，藍小雙這幾年為何受盡折磨卻還是沒有離去，因為自己的孩子還在藍宗壬的手上。

好不容易藍小雙幾年前遇到的男人，有機會可以帶離她脫離苦海，只要藍小雙自私一點，把藍小築丟下的話，藍小雙早就有了另一個美麗幸福的人生。

只是那時候，遭受到藍宗壬的威脅，藍小雙只能和對方分手，沒有理由的，直接消失了。

為此，他們也搬了家，因為鄰居對於忽然冒出的嬰兒感到存疑，藍宗壬不想夜長夢多，所以舉家搬離，他們來到一個偏遠的小鎮，重新開始。

一個單親爸爸帶著三姊弟，成為了他們最新的身分。

藍小築也跟著藍小雙吃起了避孕藥，她們幾乎成為了藍宗壬的性奴，只要一不聽話，或是企圖找外人求救，藍宗壬便會威脅要對藍小成出手。

藍小成是個男孩，兩人天真認為認為藍宗壬所說的傷害，跟對待她們的方式不同。

可是，藍宗壬這變態為了達到自己的目的，什麼事情都做得出來，只要能傷害她們，能威脅她們，只要事情能往他想要的方向發展，他什麼事情，都可以做。

「小成，和爸爸去洗澡吧。」藍宗壬為了要證明自己真的能辦到，特意在她們面前如此，藍小築立刻上前阻止。

那時候，她也才十三歲，藍小成才三歲。

「不要！不要這樣，小成和我一起洗澡……」藍小築伸手就要把藍小成往自己身後拉，但是藍宗壬卻不放手。

「妳今天不是月經來嗎？這樣不方便和小成一起吧？」藍宗壬瞇起眼睛，看著藍小成白皙的臉，「白化症……沒想到是這麼美的模樣……以前不懂怎麼會有人對男生出手，但要是所有男生都像小成這麼漂亮的話……」

藍宗壬說著這些話，不知道是真心，還是只是想嚇唬她們母女，但的確讓她們兩個膽顫心驚，起了雞皮疙瘩。

無論是不是真的，藍宗壬看藍小成的雙眼都不正常。他早已經不正常了！

「我今天和小成一起洗。」藍小雙走過來，輕輕拉著藍小成的手，她看著藍小築要她放手，然後朝藍宗壬甜甜一笑，「好嗎？」

「……嗯哼，我也不是不通情達理，告訴我，妳們兩個今天在超市消失了十秒，是去做什麼了呢？」

他們四個人同進同出，這邊的人都當他們是感情很要好的家人，無論到哪裡，藍宗壬都會要跟著她們，就連藍小雙出外工作時，藍宗壬都會帶著藍小築和藍小成在辦公室外等著。

這段時間，藍小築甚至得做一些家庭代工賺錢。

藍小築沒有念書了，藍宗壬謊稱她逃家，消失無蹤。而藍小成根本沒有報戶口，社會上根本不知道有他的存在。

兩個女兒越長越大，而藍宗壬也會越來越老，所以他開始擔心兩個女孩會夥同逃走，他必須更嚴加控管，更必須讓她們感到恐懼，明白逃離他是不可能的。

「我們……是去拿冰淇淋啊……」藍小築顫抖地說。

「不是冰在冰箱裡頭了嗎？」藍小雙撐起微笑，這麼多年，她學會了笑。

「拿個冰，不用到十秒，我看見妳們在和一個男店員說話……說了些什麼呢？」

母女面面相覷，她們只是在跟店員詢問冰淇淋放哪，她們不是笨蛋，就算想逃，也不會如此魯莽。

而藍宗壬的眼睛在兩人身上來回，忽然大手一揮，把藍小雙打趴在地。

「呀——」藍小築尖叫，要過去扶起藍小雙時，頭髮卻被往後拉扯。

「妳們這兩個婊子，別又想誘惑別的男人，妳們的身體是專屬於我的！明白嗎？」

他粗啞的聲音在藍小築耳邊。

「明、明白……」藍小築掉落著大顆眼淚，一旁的藍小成也放聲大哭，藍小雙顧不得疼痛，立刻爬到藍小成身邊，抱進懷中安慰。

「不要哭，乖，不要哭……」她啜泣著，深怕藍宗壬發起瘋來連藍小成也打。

「我們真的沒有跟店員講什麼，我們只是問冰淇淋放在哪邊，是真的！」藍小築被往後拉扯，她痛得掉出眼淚。

「妳敢用藍小成的身體發誓嗎？」藍宗壬氣憤地問。

「我發誓，我發誓！」

「我就相信妳們一次。」藍宗壬滿意地鬆開了手，藍小築雙手扶地，邊咳邊流淚。而藍宗壬拉下了褲頭的拉鍊，掏出了那骯髒的東西，「既然妳月經來，就用嘴吧。」

「不……不要……」藍小築眼眶含淚。

「讓我來好嗎？讓小築帶小成去洗澡。」藍小雙用跪著的方式爬到藍宗壬的兩腿之間，另一手揮著要藍小築讓開。

「媽……」

「美麗的親情是吧？妳們要感謝我，要是沒有我的話，妳們能活在這裡嗎？我可是生出妳們的人啊，不知感恩的東西。」藍宗壬塞入藍小雙的嘴中，蠻橫地抓著她的頭擺動。

藍小築只能哭著抱起藍小成，往浴室方向去，至少……別讓藍小成在場，別讓她們的兒子看見那噁心的畫面。

她們以為，只要乖乖的聽話，這樣的地獄總有盡頭的一天。

藍宗壬總會老去，她們可以等，等到他老死，她們就能自由。

可是天不從人願，應該說，這世界上沒有神，沒有信仰，只有無盡綿延的痛苦，這裡本身就是煉獄。

藍小雙覺得自己還沒有發瘋，都是多虧了有藍小築在，有藍小成在。她們的孩子，就是她們最美的希望。

而如果藍宗壬的魔爪只在兩個女人身上的話，她們或許還能忍耐，畢竟她們潛意識認為，藍小成是男孩，他是安全的。

即便藍小成長得如此漂亮，即便藍宗壬曾威脅過她們，但兩個女人總是刻板的認為「男孩」不會遭受如同她們一樣的對待。

那一晚，藍小成發出淒厲的尖叫聲，藍小築永生難忘。

那是她這輩子聽過最淒慘，最絕望的聲音，同時也是藍小築心碎的聲音。

她和藍小雙立刻衝到藍宗壬的房間，只見床單上一大片血跡，藍小成被脫下了褲子，正在瘋狂大哭。

「你對他做了什麼！」藍小築尖叫，衝過去就是拉扯藍宗壬的頭髮，而床上的藍小成崩潰地大哭著，不斷喊著痛。

「走開啦！瘋婆子！」藍宗壬大手用力一推，就將藍小築整個往床下摔去，藍小雙趕緊扶起她，看著藍宗壬的右手食指和中指都是血紅。

「你對小成做什麼？他、他是男孩啊……」藍小雙顫抖不已。

「妳們不也是我的女兒嗎？」藍宗壬露出了可怕的笑容，嘴裡傳來濃濃酒味，「我還沒做……只先伸了手進去，沒想到這小子就嚇得哭出來了，真沒用啊！」說完還用力巴了藍小成的頭，這讓他哭得更大聲。

「他才五歲……才五歲啊……」藍小雙拿起一旁的衣服，蓋在顫抖不已的藍小成身上，「他必須去看醫生，流了這麼多的血……」

「死不了啦，小築十歲生孩子都沒事了，人類很堅強……嗚！」藍宗壬倏地睜大眼睛，驚訝的回過頭，只見藍小築雙眼腥紅，手裡拿著水果刀，刀身已全部沒入藍宗壬的背，她想抽出來再次插入，但是太深，卡到骨頭或是什麼，藍小築拔不出來。

「妳這賤……」藍宗壬用力甩開藍小築，她整個人撞往牆壁，但她很快地爬了起來，朝房外奔去，而藍宗壬立刻朝藍小雙喊，「看什麼看，還不快點幫我拔出來！」

藍小雙鬆開藍小成的身體，來到藍宗壬的背後，她的力氣大多了，馬上將水果刀抽出，瞬間血噴到她的身體，而此刻藍小築手裡拿著另一把刀，再次跑進房間內。

「我早就該這麼做！」藍小雙看著一片腥紅，用力將手上的水果刀刺入他的背，來來回回，藍小築也衝了過來，手起刀落。

藍宗壬寡不敵眾，整個人往前撲倒，臉就這麼剛好趴在藍小成的那片血裡，而兩個女人不斷用刀戳爛了藍宗壬的背，藍小成早已停下哭聲，呆呆地看著眼前的殺戮。

直到藍宗壬再也沒有體溫，再也沒有血液噴出，直到外頭天色亮起，直到兩個女人笑了起來。

她們明白，她們的惡夢，終於結束了。

＊

「妳們母女一起殺了藍宗壬？」這真是意外的結局。

「我們早該這麼做了，為什麼我要到他傷害了小成，我才想到可以那麼做呢？」藍小築歪頭不解，她一點也不後悔殺了他，若真要說，大概就是後悔自己沒有早一點行動吧。

「那一年妳十五歲，妳媽媽三十歲了是嗎？」陸天遙確認。

「是呀，我媽媽直到三十歲了，才擺脫這個惡夢，才能為自己而活。」

「沒被人發現嗎？」

「小成本來就沒報戶口，而我們家和鄰居都不親，那邊很偏僻……所以我和媽媽把爸爸肢解了，每天分批埋在荒郊野外，那床單、衣服、床鋪我們都燒掉了，刀子的話則是趁著有一天丟到了海邊，小成第一次看到海，他玩得很開心。」

「……後來又發生什麼事情了呢？」

「我以為藍宗壬死後，地獄就結束了，沒發現我們一家人早已扭曲了，如果說基因是會遺傳的，那在我們三個的潛意識之中，是否也有藍宗壬殘暴與變態的因子？」藍小築輕輕地說，「否則當我和媽媽手刃爸爸的時候，我們怎麼會覺得爽快呢？我們又怎麼會把他身體戳爛到幾乎看不出原樣？小成甚至還在現場耶，我們就在他面前殺人了。」

陸天遙沒有搭話。

「事後，我們甚至不需要猶豫，很快地就決定將他的身體肢解，這非常困難，關節骨頭的地方我們都剁不開，弄到一半實在太累、太餓了，我們三個還去洗澡，順便檢查小成的傷口，還好沒有大礙，小成當時還說了：『不公平，爸爸的屁股沒有流血。』，我想當下我們腦子都不清楚吧，事後又將刀子插入他的屁股裡頭，告訴小成再也沒有人可以傷害他，然後我們也把這些年來折磨我們的生殖器官剁了下來，切成好幾小塊，隔天丟到附近的豬舍裡面。」

彷彿閉上眼睛，藍小築就能再次回到殺死藍宗壬的那一天，無論回味幾次都不夠，她能再殺藍宗壬好幾次都不嫌多。

陸天遙的毛筆沒有停過，這大概是這幾年來，他聽到過最慘的人間悲劇。

「我們在那裡又待了一年後才搬家，這一年間，都沒人好奇過我爸爸去了哪，很神奇吧？」她莞爾，「直到我們搬到了另一個地方，生活逐漸上軌道，媽媽甚至找到了她自己的信仰，我期待她能再次戀愛，而我也準備回去學校念書重新開始，小成也即將要升小學了，日子雖然很辛苦，但是我們很快樂……卻……」

陸天遙將書本翻到第一頁，然後抬頭看著她：「妳在十七歲那一年自殺了，為什麼？」不是已經脫離藍宗壬的魔爪了嗎？甚至警方也都沒有追查到她們，應該說，連藍宗壬死了都沒人知道。

「記得我說的基因嗎？」藍小築來到這後，第一次露出了淒楚的模樣，她雙眼盈滿淚水。「我們甚至都沒有發現小成的變化，不，也許是一開始，從出生他就是那樣子了，我發現得太慢，但也不算晚。」

「什麼事情？」

「我一點也不後悔，再一次的話，我還是會那麼做。」藍小築帶著瘋狂的笑容卻流著眼淚，「但這一次，我會更加注意，不會讓自己墊在下面，我會確保小成的頭部著地。」

「妳是抱著藍小成跳樓的？」陸天遙大驚。

「對，我陪他一起死，這是我身為母親最後的責任。」她垂下眼睛，「但沒想到在最後關頭，也許是我下意識地把他緊抱在懷中，也許是小成轉動了身體，我變成墊底的，小成只受到輕傷。」

「為什麼要這麼做呢？」陸天遙問。

「因為我若不這麼做，有一天，小成會殺人的。那和我爸爸不一樣，我爸爸是個變態，但是小成是會殺人的那種，我不知道是基因問題，或是在成長的過程出了什麼錯，或是當年他看著我們殺了爸爸時的模樣，扭曲了他的價值觀……」藍小築邊說邊顫抖。

「妳怎麼能確定他會殺人？妳帶著他跳樓的時候，他才七歲，妳要怎麼判定七歲的孩子未來會殺人？」陸天遙不解。

「也許最一開始，在他說出『不公平，爸爸屁股沒流血』那句話時，我心裡就有底了，在我們隱姓埋名生活的那兩年，掛著天真無邪笑容的小成一步一步做出那些事情，用那孩童的純真眼光，帶著純真臉孔，那才是最純粹的『惡』啊！我是媽媽，我很清楚，我知道小成已經沒救了，否則媽媽怎麼會願意帶著自己兒子自殺？那是我能盡的最大責任，在他長大成人、真的去殺人以前，我先殺了他！我先帶他走。」藍小築激動說著，句句血淚。

「妳是用什麼判定的？難道是妳主觀的想法嗎？」

藍小築空洞地看著陸天遙，「你聽了我的故事，難道沒有想說，我爸爸怎麼會那麼變態嗎？」

「世界上什麼樣的人都會有。」

「但我爸爸不是一開始就是個變態，根據我媽媽的說法，她也曾經有過愉快的家庭生活，這才是最可怕的事情，我爸爸本來也是個普通人，只不過是生活遭受劇變，然後因為某些契機，成為了那樣的人。」藍小築抓著自己的手臂，「所以有時候我會想，人性是不是本來就有一個殘忍的因子在，只是大多數的人都不會遇到啟動它的契機罷了。」

這樣的說法，陸天遙倒是覺得很新奇。

「我們每個人和成為犯罪者的距離，有時候是很近的。」藍小築抬眼，「而小成，他已經很接近了。」

「但是他並沒有死，對吧？」

「對，他被救活了，而後我就一直在圖書館外的世界水深火熱，所以後續怎麼樣，我都不知道，但我想媽媽一定帶著小成生活，她不知道有沒有後悔，不知道她有沒有辦法控制小成……」

陸天遙翻了翻藍小築的書本，的確走到尾聲，但還差了一些東西。

「妳能具體描述，才七歲的小成究竟是做了什麼事情，讓妳決定帶著他跳樓？連一點機會也不給他，就擅自作主了呢？」陸天遙認為缺少的關鍵在這。

「……我們搬到另一個地方後，過了一段很短的快樂時光，然後有一天我發現，幼稚園送他的娃娃破了，於是我幫他縫好，過幾天又破了，我又縫好。但這一次我覺得奇怪，仔細看了一下那娃娃的破損處，發現那是被割開的，我一開始以為他在學校被欺負了，但後來陸續一些娃娃或是機器人等二手玩具，只要有手有腳的，都會被切爛、肢解、分散。」

「喔……妳認為他是因為看到藍宗壬被肢解的過程，才會這樣嗎？」

「這也是我們的錯，是我和媽媽的錯——」藍小築摀住自己的臉，懊悔地哭，

「我以為他當時還小，那麼小……他不會記得，就算記得，也不會知道我們在做什

麼……應該說，我們當時也盡量避免讓他看見，但是藍宗壬確實就是死在他面前，分屍的浴室也就那麼一間，那些屍體也沒地方放，我們又花了好幾天處理，的確讓小成看見太多他不該看的……」

「妳覺得是因為妳們的關係，所以造成小成偏差的行為嗎？」

「但如果這麼說……我和媽媽從小就被爸爸那樣對待，我們沒有偏差啊……我們是殺了人，但是……那是為了自保，不是為了私慾……」藍小築搞糊塗了，到底是基因，還是環境造就一個人的後天行為？

「但是只因為小成肢解娃娃，妳就認定他往後會殺人，這會不會太衝動了呢？」

「如果只是那樣子，我也許還能欺騙自己，我和媽媽討論過好幾次，但媽媽總說小成還小，他還不懂得分辨是非，要我給小成多一點時間，只要小成在正常的社會生活久了，自然會明白是非對錯……但想想，我們又有什麼資格那樣想？我和媽媽也無法重新融入這個社會了啊……我的媽媽不知道從哪學了怪力亂神，東拜西拜，但她卻跟我說那是賺錢。」藍小築的神智逐漸不清，而陸天遙的手也飛快地在書籍上書寫。

「最後，我在小成丟入洗衣籃的髒衣服上，發現血漬，我問他那是哪來的，他笑著說是貓的。甚至還拉著我的手到他房間，給我看他的戰利品，他把殺掉的貓、狗、青蛙、鳥全部拍了下來！」

「在我發現前，他就已經殺過好幾次動物了，什麼殘忍的方式都有，他甚至還惋惜的說最喜歡的美工刀斷了，要我再買一支給他。」

「我不是沒給過機會，只是下一次，我又發現血跡時，小成學會說謊了，他說那是他流鼻血的，他毫無悔意，也不知道自己錯在哪裡，他說『有一天我也想跟爸爸一樣大的東西較量』，我當時雞皮疙瘩爬滿全身，遠比每夜爸爸騎在我身上的感覺還要恐懼！」

「媽媽只會說，小成還小，要給他機會。不行，我們總是給人家機會，爸爸沒有好轉，只會變本加厲，小成一定也會那樣，這樣活著太膽顫心驚了，所以我……我做了一個母親該做的事情，既然我都預料到他的未來，我就該負起責任。」

於是那一天，藍小築抱著七歲的藍小成，來到了公寓的頂樓，一躍而下。沒有猶豫也沒有痛苦，在那墜落的幾秒，她腦中浮現了她的一生，真是悲慘、又不值得懷念呀。

這輩子，她唯一笑過的時候，就是藍小成出生的瞬間，她以為骯髒的自己生下了天使。

然而她的天使卻被藍宗壬玷汙了，又或者是，最一開始，她所生下的就不是天使，而是融合骯髒血液的純正惡魔？

「媽媽愛你。」在墜地前，藍小築確定她有說出了這句話。

「所以才要殺我嗎？」而她的寶貝，如此回答。

她再也沒有機會跟她的寶貝解釋一切，扭曲又可悲的母愛，她認為自己盡職了。

只是被救回的藍小成，他的未來是如何呢？

成為了天使，還是印證了她的想法，造成了另一個人的不幸？

陸天遙闔上藍小築的書，已經寫上了「全文完」後，照慣例，他要詢問藍小築要回去外面的天堂，或是走入陰間。

然而陸天遙卻發現，在書的封面上，藍小築的名字旁邊多了括弧，他不是沒見過這樣的狀況，通常改過名字的人，或是類似明星的藝名知名度超越了本名時，才會有這樣的括弧。

「我選擇前往陰間。」藍小築朝後方開啟的門走去，那裡光芒四射，也許她的人生終於在死後能鬆口氣了。

「等等，妳剛才說你們隱姓埋名，代表改過名字對吧？妳們改的名字是什麼？」陸天遙開口，而那片白色的光已經幾乎要吞噬藍小築。

「媽媽的媽媽，姓陸。所以媽媽幫我們都改和外婆一樣的姓氏，她總是說著那段時光，她天天想著，就是能夠脫離苦海，可惜總是失望，解脫的那天彷彿遙遙無期。」

陸天遙心涼了一半，他不可置信地看著眼前的女人，半身已經沒入光芒。

「我媽媽改名叫陸無心，我叫陸天念。」陸天念逐漸消失於白光之中，最後整個人都與光融為一體，「小成改為陸天期。」

門全數闔上，陸天念消失在這圖書館，那屬於她的書已經完結，但並不成書，因為她的那部分，要放到陸天期的故事之中，才會完整。

第六章

無心的無心

「沒有、沒有，怎麼可能沒有——」陸天遙發狂地找尋著剛才藍小築，也就是陸天念的字裡行間，想尋找自己存在的地方，是不是漏掉了？他和陸天期是雙胞胎，為什麼在陸天念的自白之中，沒有見到陸天遙的存在？

這到底是怎麼回事？無論是和子小姐或是陸天念的故事，都有太多陸天遙不了解的東西！他立刻起身，往後頭的白牆大喊：「陸天期！陸天期你給我出來！這到底是怎麼回事？」

白門並沒有出現，陸天期也沒有出現，他回過頭，只見白貓坐在木桌上，捲曲著尾巴，靜靜地盯著他看。

「妳是和子小姐的手變的，那妳一定可以聯絡到和子小姐對吧？讓我見和子小姐，我要知道詳細的……」

「喵～」白貓叫了一聲，用手掌推了推放在桌上的那本《緣起於死後》的書，又再喵喵幾聲，表示所有的紀錄都在書中了，書籍，是不會說謊的。

「也就是說……我沒辦法見到和子小姐了嗎？」陸天遙其實很清楚，離開圖書館的人，是不會再進來的。

而那些來者，是從來沒進過圖書館說故事的人類，原來這裡的圖書館，跟人間的圖書館一樣，單純就是一個提供借閱的地方，不同的是，人間的書籍大多是人類杜撰，而這裡的書籍，是真實的故事罷了。

「哈、哈哈……我到底為什麼在這裡……我要待在這裡多久？」陸天遙腦子一片混亂，第一次對自己在這裡的事情產生懷疑。

一直以來，他都隱約記得生前的事情，雖片段又不清晰，但他從沒懷疑那些記憶，他記得自己不快樂，記得自己遭受暴力對待，記得陸天期乖張又殘忍。

在和子小姐離開的那一天，圖書館發生異變，轟隆隆地劇烈震動，接著出現了那道白門，陸天期和陸天遙還在納悶，白門倏地打開，將陸天期吸往裡頭，連帶白貓也一起，被隔離在白門之後那片虛無，圖書館自身，把這裡交給了陸天遙管理。

陸天遙從沒質疑過圖書館的做法，這是因為，陸天遙一直都知道，陸天期犯了什麼錯誤。他們是雙胞胎，但是在生前，陸天期做了錯事，所以一體的他們來到這裡，必須訴說故事，只是出了差錯，兩個人的記憶不完全，書籍也沒有出現，才會一直在這。

如今陸天遙明白，是因為還沒到他們該說故事的時候。再好看的故事，也有所謂的時機。如今，或許就是他們的時機。

「陸天期！你聽到了嗎?!」陸天遙大喊著，而那扇白門終於出現。

白貓跳到了白門前，這一次，白門上出現門把，這麼久以來，這是第一次出現了門把。

意思是，陸天遙可以開啟那扇門了嗎？

他緩緩伸手，轉開了門把，並將白門往內推，他終於打開了門。

在那門之後，是一整片白色的虛無，以及一位白衣少年，就連頭髮、睫毛都是白色，除了雙瞳帶點淡淡的紅以外。

「好久不見了，陸天遙。」陸天期靜靜開口，他的腳邊坐著一隻黑貓。

他們一黑一白，站著對望彼此，而陸天期將手上那本全白的書籍交給陸天遙，「我說完了我們的故事，這下子，你可以把它整理成一本書了。」

「你知道我見到媽媽了嗎？」陸天遙並沒有接過那本書。

「……大概知道。」陸天期瞥了眼站在陸天遙腳邊的白貓，「我可以從牠身上感覺到。」

「為什麼媽媽不認得我？」陸天遙感覺心裡苦澀不已。

「媽媽帶著我跳樓時，我才七歲，她怎麼會知道我長大後的模樣？」陸天期冷笑，

「況且，媽媽認定中的孩子，是個白子，你並不是。」

「我們不是雙胞胎嗎？我也是媽媽的孩子，但是為什麼在她的過去，沒有我的存在？」

陸天期盯著他看許久，最後踏出了腳步，從那片虛無進到了這座圖書館。

與此同時，他身後的白門消失，陸天期永遠不用再回去那扇白門裡了。

「我沒想到你會誤會成這樣子，也想過有一天你自己會想起來。但這圖書館既然如此安排，想必有它的用意，所以我沒說破，然後花了很久的時間，終於明白這麼安排的理由。」陸天期伸手一揮，而他腳邊的黑貓一個蹬步，朝陸天遙的方向跳去，就這麼跳入了陸天遙的身體裡頭。

「這是……」陸天遙大驚。

「你是我的良心，陸天遙。」陸天期瞇起眼睛，說不上是冷漠，但確實是淡然，「我僅存的良心。」

「你在說……」陸天遙胸口一熱，劇烈跳動。

「圖書館要的是永久的管理者，當我來到時，看見你也在身邊，我花了一陣子才想起你是誰。我們雖然以相同的面貌進來，但你是在圖書館裡頭的這近千年，才成為了一個完整的、有思緒的靈魂。所以一個靈魂進來，也只能一個靈魂離開。我們只能離開一個人，與我這樣罪惡的人相比，你離開才是對的。」陸天期雙手攤開，那屬於陸天念的書和陸天期的書漂浮在空中，裡頭的紙張交錯，最終成為了一本書籍，白色的書封重新覆蓋上，黑色的字體大大浮現在書封上——《天天念念，遙遙無期》。

「你自顧自地講了一堆，到底在說些什麼？」陸天遙看見白牆上浮現了另一道門，那是當故事完成以後，會出現的選擇。

「請你通往陰間，投胎，然後找到陸無心，也就是我的外婆。將無心教摧毀吧。」陸天期正色，「她並不壞，我們都不壞，只是遭遇了常人所無法承受之事，所以走偏了，極端了……」

「你到底在說什麼？」陸天遙頭痛欲裂，他看著陸天期手上那本完整的書，真相全在那裡面。

「一直以來，故事的主角都是我，不是你。」陸天期往旁邊一退，後頭的門開啟，宛如有吸力一般，將陸天遙往內吸入。

「等一下，陸天期，這是怎麼……」

「你在前往的路上，總會想起一切，在這裡的近千年，謝謝你當我的兄弟，最後，是我對不起你，囚困了你。」陸天期嘴角泛起一絲微笑，白貓跳到了他的肩膀上。

「陸天期——」他嘶吼，但已被門後的光帶入到陰間。

圖書館再次回歸寧靜，這一次，黑衣管理人不在了，白衣管理人將成為這裡永久的管理者。

白貓喵了幾聲，陸天期輕輕撫摸著牠，「至少，這裡還有你陪我。」

然後他拿起了和子的書本，打開了翻閱到最後章節，靜靜地看著，「我在和子的故事最後，看起來像個瘋子，我大概曾經也是瘋子。」

喵～

白貓叫了幾聲，甚至舔舐了陸天期的臉頰，「你是在安慰我嗎？」

他輕笑了，白貓是由和子的手臂變成，牠和和子有沒有連結，陸天期不知道，他把牠當作是圖書館送給他的禮物，在毫無止盡的管理時間中，陪伴他的慰藉。

「和子，對不起，我傷害了妳。」他掉下了眼淚，親吻了那紅色書封。

接著拿著白色的書和紅色的書，走上了二樓，再次來到管理者的書櫃，正準備把兩本書籍放上去的時候，他停頓了一下。

看著自己的書，沒想到要細數自己的過去，會是這麼痛苦。

*

這故事，要從哪裡說起？

從藍宗壬死掉的那時候嗎？

還是在更早，從他第一次被藍宗壬碰觸的時候？

或是更早以前，當他還是嬰兒時？

陸天期是在一個昏暗的房間出生，當時他的名字還叫作藍小成，但基於往後十五年的人生，他都被稱呼陸天期的關係，他在故事之中，還是稱呼陸天期。

很多人都說，嬰兒時期是沒有記憶的，但陸天期清楚記得自己張開眼睛時，看見了兩個哭泣的女人。

但稱呼為女人，實在是太過了，有一個甚至還只是個小孩。

她們兩個哭泣著抱著他，並不是為他的到來感到喜悅，而是說著：「對不起，讓你來到這樣的地方。」

他除了偶爾和全家人一起去超市或是街上外，並沒有真正和外人接觸過，連打招呼都沒有，而也因沒有報戶口，不需要去什麼托兒所、幼稚園，所以在五歲以前，他根本不知道什麼叫作「正常」的家庭。

他看著「爸爸」每晚和陸天念以及陸無心睡覺，甚至爸爸還會把他一起抱到床上，與他一人一邊喝著「母奶」。

陸天期記得當時自己還笑著過，因為他看見爸爸的笑臉，看到大人笑，他也就會跟著笑。

等到他再長大一點點，要說長大，也頂多就是三、四歲，他明白媽媽和外婆都不開心，她們常常在哭，只要爸爸在的話，她們臉上都不會有笑容。

所以他並不是很喜歡爸爸在家，可是有爸爸的話，他們晚上四個人都會一起脫光光睡覺，他可以靠在媽媽的胸前，也可以靠在外婆的胸前，聆聽她們的心跳聲音，會讓陸天期好安心。

「這小小的還真可愛呢，以後會變得很大，跟爸爸一樣，讓那些女人們哀哀叫喔。」

爸爸幫他洗澡的時候，會碰觸他的下半身，然後又比著自己的下半身，要陸天期看著。

陸天期只會笑，在那個年紀，他總是笑呵呵的。

「不過，你長得可真漂亮啊，智商看起來是沒什麼問題，手指頭腳趾頭也都正常，看來近親也不見得是壞事啊，原本我很擔心的……想著要是生出了畸形兒要帶去哪丟呢……」

「什麼是畸形兒？」陸天期好奇地問。

「就是長得跟一般人不一樣。」藍宗壬將他身體往後轉，拿起一旁的沐浴乳往他身上搓著。

「不一樣？我也跟爸爸、媽媽、外婆不一樣。」陸天期比著自己的肌膚。

「是呀，你長得特別漂亮，要是是女孩子就好了呢……」藍宗壬邊說，邊摸過了他的背部，「我想起你媽媽以前也是這樣，只是沒有你這麼白……」

「媽媽說我是小天使。」陸天期說。

「是啊，小天使。」藍宗壬則將他轉回正面，舀起浴缸裡的熱水，沖去了他身上的泡沫。

「爸爸幫你洗澡，你要不要也幫爸爸洗澡呢？」藍宗壬突發奇想，雖然是個男孩，但長得這麼可愛，且話說回來，孩子在小時候，根本不太容易分辨是男是女。

陸天期聽從藍宗壬的話，也擠了一些沐浴乳在小手上，加點水後搓出了小泡沫，然後貼上了藍宗壬的圓肚子，滑滑的。

「你摸摸看。」藍宗壬把他的手往下移動，來到和陸天期一樣的位置。

隨著陸天期的洗滌，那東西變得很大，讓陸天期覺得很有趣。

「這東西媽媽們沒有，但我們有。」藍宗壬呵呵笑著，即便是當時年紀尚小的陸天期，隱隱約約也不太喜歡。

隨著一起洗澡的次數變多，藍宗壬有時候還會要求陸天期做別的事情，而那些事情，他也曾經在爸媽的床看過他們做，他潛意識的不喜歡，但同時也認為，爸媽都在做，所以不是壞事。

一直到五歲的那個夜晚為止，藍宗壬其實已經對陸天期做過各種騷擾行為，但是兩個媽媽都沒有發現，而當時的他，也因為爸爸說了這是秘密，在拿了零食糖果的誘惑之下，沒有告訴媽媽們這件事情。

有時候，陸天期坐在客廳的椅子上時，會沒來由的覺得不舒服，他很想嘔吐，可是卻說不上原因。然後他會捏著椅子上放的抱枕，用力捏、捶、打，像是想發洩什麼，可是卻徒勞無功。

揮之不去的隱隱作嘔，而這種感覺在爸爸塞入他嘴巴時更加明顯，他討厭那味道，然後發現媽媽被要求做的時候，也露出了一樣討厭的面容。

所以當藍宗壬再次要求的時候，陸天期第一次說了不。

「長大了喔？會懂得拒絕了，有自己的喜好了喔。」藍宗壬並沒有惱羞，只是帶著更令人不愉快的笑容看著他。

「我不喜歡。」

「好，不喜歡的話，我知道了。」藍宗壬用熱水沖濕了兩人的身體，拿起毛巾擦乾彼此。

他鬆了一口氣，原來只要說明白自己不喜歡，爸爸也是會懂的。

陸天期的小腦袋瓜，在那一晚是最後的天真。

在大家都睡著後的夜晚，今天難得爸爸沒要求要大家一起脫光光睡覺，兩個媽媽久違地好眠，睡得香甜。

而藍宗壬搖搖晃晃地來到陸天期的房間，不由分說地脫掉了他的褲子，這讓陸天期從夢中驚醒。

「爸爸！」

「長大了，會頂嘴了是吧……所以表示你也已經準備好了，既然其他地方都不行，就用這裡吧……」

陸天期聽不懂他說的話是什麼意思，馬上感受到錐心的刺痛，他發出了尖叫的聲音，只覺得屁股熱熱濕濕的，然後他看到了一片紅。

「我明明很輕了啊……怎麼流血了？」藍宗壬嘮叨著，他的手指頭全是陸天期的血，邊說邊脫下了褲子，「有血的話就能當潤滑吧？」

陸天期感受到有東西抵在他的屁股上，他掙扎、哭叫，很快的，兩個媽媽衝了進來。

一陣凌亂，藍宗壬揮手打人，但很快的，藍宗壬瞪大了眼睛，陸天期瞧見總是帶著笑容的藍宗壬，此時睜大了眼睛，露出了痛苦的神情。

而他的媽媽們，發狂的拿著刀刺向藍宗壬的背部。

那時候，藍宗壬身上流出了和陸天期一樣的紅色血液，與他的血液融合在一起。陸天期的臉沾滿了血，腥紅了他的眼，整個房間充滿著濃厚的鐵鏽味道，而陸天期一點都不討厭。

他甚至覺得，自己笑了起來。

藍宗壬躺在床上，而陸無心與陸天念渾身也沾滿了紅色的液體，她們兩個喘著氣，伸腳踢了踢藍宗壬，確定他再也不會動後，大笑了起來。

陸天期從來沒看過兩個媽媽這樣大笑，在一片殷紅之中，她們笑得燦爛如花，彷彿盛開在血紅中的花朵一樣，如此美麗奔放。

所以他也跟著笑了起來，三個人抱在一團，邊笑邊哭。

等三個人哭完、笑完以後，又蹲到了藍宗壬的身邊，陸無心從廚房抱來了一堆刀，說著必須把藍宗壬切得小小塊才行。

「小小塊？」陸天期問。

「就是跟肉一樣，小小塊的，放到桶子裡面。」陸天念解釋。

「是可以吃的嗎？」陸天期又問。

陸無心哈哈大笑，「吃了會肚子痛喔，你瞧。」她拿起刀，劃過了藍宗壬的手臂，裡頭的血迅速流出，染濕了一整片地板。「連身體裡的血液都討厭他，想要離去呢。」

「我也要幫忙。」陸天期說著，拿起了一把小刀，卻猶豫好久不知道該怎麼做，他回頭，看見兩個媽媽很努力在處理腳踝的部分，她們拿著平時剁雞的大刀，用力剁啊剁的，卻怎樣也切不開。

而陸天期轉而看了藍宗壬的臉，他張大著嘴巴，眼睛則是半閉著翻白眼，這模樣讓陸天期好不習慣。爸爸應該要笑著才對，所以他用小刀抵在藍宗壬的左耳，刀尖刺入，然後繞過嘴角，滑過嘴巴，再從右邊的嘴角出去，終點在右耳下方。

這下子，爸爸又笑了起來。

「真難看呀。」陸無心傳來了竊笑。

「我不想再看見他的臉。」陸天念嫌惡地說。

於是陸天期抬高手，將刀尖快速的戳往了兩邊的眼球，弄得稀巴爛的，讓陸天期想起了早餐的稀飯。

而因為沒有辦法剁斷關節，所以他們幾個決定改變方法，就是用小刀一片片的刮下藍宗壬的肉，這比想像中的更難，他們弄得滿身大汗。

然後陸天期注意到，藍宗壬身上的血都是從破洞的地方流出來的，但屁股也破了一個洞，卻沒有流血。

他忽然想起了自己的屁股，剛才藍宗壬把手指頭硬塞進去的時候，也流了血：「不公平，爸爸明明也破洞了，為什麼沒有流血？」

於是他發出質疑，陸天念看了一下，接著把他翻過身，艱難地脫掉他全身的衣服，那屁股又肥又大，看起來非常噁心。

「你來弄吧。」陸天念朝陸天期說，他拿著小刀，不靈活地戳著，直到血肉模糊與流血，同時，陸無心和陸天念一樣切下了他前方那作惡多端的東西。

「太熱了，我們先去洗澡吧。」還沒處理一半，他們就受不了了，於是抱起陸天期朝浴室走去。

陸天念將陸天期放在浴室地板上，哼著歌清洗著浴缸，而陸無心則脫去了陸天期身上的衣服，陸天期看著鏡子中反射的自己，自己不再是一直以來的白，現在成了紅。紅色的他，好像更好看。

「會痛嗎？」陸無心心疼地看著陸天期的屁股，「那個畜生……連你也下手。」

「不會痛了。」陸天期慢慢說著，「沒有爸爸痛。」

「哈，根本太便宜他了，早知道我們就該更早動手……」渾身是血的陸天念沒沖乾淨自己的身體，所以浴缸裡的水也沾染了紅，但他們不在意。

花了好長一段時間洗澡、泡澡，才洗去藍宗壬帶給他們的腥臭。

然後洗完澡以後，又回到那房間繼續處理屍體，這一次陸天期沒動手了，陸天念要他到床上去睡覺，而陸無心為他換掉了那灘血的床單。

那個晚上，陸天期聽著剁肉的聲音，以及裝入塑膠袋的沙沙聲響，緩緩入睡，這幾年來，他從沒那麼安穩的睡到天明，沒有兩個媽媽的哭聲，也沒有奇怪的碰撞聲音，更沒有藍宗壬的詭異低吼。

爸爸消失以後對陸天期來說，生活改變了許多，先是兩個媽媽變得愛笑又開朗外，她們更是常帶著陸天期外出散步。

他們會在廣大的草原野餐、吹泡泡，偶爾當這片草原有其他的人時，兩個媽媽便會膽顫心驚地低下頭，不與他人交流。可是陸天期很少見到其他同年齡的玩伴，總是說著想要和別人一起玩，於是兩個媽媽在討論著，是否該讓陸天期去念幼稚園。

「我們當初就做錯了，不該讓小成看見我們殺人的模樣，甚至還讓他一起肢解屍體。」陸天念在房間與陸無心低聲說著。

「他年紀小，不會記得的，他長大後會忘記。但如果我們要長時間待著，必須換個地方，就算讓他上幼稚園，也得搬到別的地方。」陸無心喃喃著。

「爸的存款有多少？這些年媽又存了多少？」

「都沒有多少，還是我們把這間房子賣掉……」陸無心提議。

「但是房間那洗不掉的血跡，不會有問題嗎……」陸天念擔心。

她說的沒錯，所有現實的因素讓兩個女人頭疼不已，只能暫時先待在這。

但某天，工作回來的陸無心，提到了一個方法。

「我今天聽到公司的幾名媽媽說，她們想租借一個空間做為冥想的地方。」

「冥想？什麼意思？」

「那些媽媽生活過得不是很如意，所以需要一個不會被老公打擾的地方安靜思考，我便說了家裡的空房可以讓她們使用。」

「媽！要是她們發現血跡……」

「別擔心，我們只要鋪上地毯就不會有事情，這樣不是很好嗎？我們可以多收一筆費用，那些媽媽們挺有錢的，她們會願意負擔。」陸無心一個女人要養兩個孩子，某方面來說還是太吃力，且他們必須儘快離開這裡。

雖然藍宗壬是打零工的，但好歹也是有一個工頭會固定聯絡，要是太久找不到他，難保工頭不會起疑。

「但在那群媽媽來的時候，要藏好小成，不能讓她們知道小成的存在。」陸無心叮嚀。

於是就這樣，白天，陸天念和陸天期會帶著那些切成塊狀的屍體到外頭分批丟棄，晚上，陸天期會躲在陸天念房間的衣櫃裡頭，等著那群富貴媽媽們到房間去。

其實，要說她們冥想，大多時候都是在聊天，陸天期可以聽到她們呵呵笑的聲音，陸天念曾經和他抱怨過，那些好命的太太們，只不過是老公搞搞小三，或是家裡經商失敗，再來就是小孩不聽話罷了，就認為自己很不幸福，需要一個地方沉澱身心，或是有個心靈寄託。

「我們都好好活著了，那些人為什麼不知足呢？」陸天念嘟囔著。

「妳就別管那麼多了，她們開心便成。」陸無心擦拭著她今早到隔壁村買的白色人身雕像，看起來恰似觀音，但並未坐在蓮花之上，而是站著，雙手合十，雙眼微瞇。

「那是什麼東西？」

「我買回來的，那群太太們總是在聚會時念念有詞，念著一些心經、藥師經等，還會朝一些方位祭拜，我想要是能有個東西讓她們當目標拜，好像也不錯。」陸無心說道這東西不過一百。

「看起來好蠢，我才不相信有神。」

「我也不信。」陸無心笑，她還是細心的擦拭著那尊雕像，之後放到了那房間之中，開玩笑說著可以讓那尊雕像成為富太太們的心靈寄託。

一開始，眾人們只是開玩笑的祭拜，漸漸的有人會帶鮮花素果來，不過大家都還是帶著有趣的心態，直到某日，其中一個媽媽帶了她八歲的孩子來到這。

那個孩子調皮，每一間房都偷溜進去看，於是，他瞧見了站在窗邊的陸天期。孩子嚇得大喊，陸天期也被嚇了一跳，而家長趕緊跑過來，在昏暗的房中，看見被月光照射進來的陸天期，他渾身潔白，看起來虛幻至極。

而就在他們開燈的瞬間，陸天期已經趕緊躲到了床底下，房內空無一人。

「渾身潔白，不就像那雕像嗎？我就覺得那雕像很有靈性，我偷偷跟妳們說，之前我開玩笑地向那雕像許了願，希望我老公把二奶休了，回到我身邊，結果他前陣子還真的這麼做了。」看見陸天期的媽媽大肆宣傳。

所謂的巧合，只要發生過一次，便會開始以訛傳訛，成為了神蹟。

在那個偏僻的地方，沒有人想到白化症，而渾身潔白的陸天期在他人口中，成為了美麗的化身。

抱著死馬當活馬醫的心態來到此處，反正對著　個雕像許願，即便沒有實現，媽媽們也不吃虧。

然而一百個願望裡面，總是會有幾個願望能恰好實現，陸無心她們也沒戳破，畢竟信仰對某些溺水的人來說，的確是很重要的。

結果，她們這座屋子，成為了媽媽們口耳相傳的秘密地點。

而當來的人變多、時間變長後，陸天期更是常常得躲起來，為了避免再次被看見，陸天念在地板下挖了個洞，讓陸天期可以躲進去。

「我上次願望實現了，告訴神說要是實現，願意還願五萬，這下子實現了，我這錢是給妳嗎？」在那群來拜訪的媽媽群中，一位何太太是最虔誠的，也是她的願望第一個實現。

「您許了這樣的願？」陸無心有些驚訝，不敢相信那無名雕像有此能力。

「是啊，話說回來，那個神叫什麼名字？拜了這麼久，總不知道祂名字。」何太太問。

而陸無心壓根沒想過還得給雕像取名字，但此刻雕像的香火已經到了她無法說一切的起源只是玩笑。

嚴格說起來，陸無心根本不信神，要是有神，早在最一開始，她就不會遭遇那些事情，她的女兒和孫子，也不會遇到和她一樣的事情。

也許，她們的確是殺了藍宗壬，但是藍宗壬早就殺掉了她們的心，被捅得坑坑疤疤，永遠也不會好。

「無心……」

「妳說什麼？」何太太問。

陸無心抬起眼睛，堅定地看著她：「無心上神。」

既然，她不相信神，那就自己創造一個神，創造一個信仰。

那隨手買來的白色雕像，隨著陸天期陰錯陽差之下被人看見，竟被當作顯靈的最佳寫照，最後成為了眾人心中的教義。

第七章

扭曲的天期

當越來越多人來到這裡，祭拜這座白色雕像，並且還願了現金、花束、水果、金飾等，陸無心認為時間到了，她們可以離開了。

同時，陸無心將三個人改名，用著她曾經的信念，天天念念的，就是能夠逃離藍宗壬，可是卻走了十五年的人間煉獄，解脫成為了幾乎是遙遙無期的奢望，但如今時來運轉，她們脫胎換骨。

「從今以後，藍小築叫作陸天念。」她將新的身分證發給了陸天念，然後摸了陸天期的頭，「而藍小成，叫作陸天期。」

「為什麼我沒有跟媽媽一樣的東西？」陸天期看著那身分證。

「你不需要，你是一個不存在的孩子，但這樣更好，代表你以後更加自由。」從最一開始，陸天期就沒有戶口。

然後她們帶著那些富太太們捐贈的錢，以及那尊白色雕像，連夜離開了那個地方。

她們來到了繁華的城市，選了個近郊位置，並租下了一間房間，想要重新開始。

但和社會脫節太久的陸天念卻無法融入，加上沒有戶口的陸天期無法進入正常程序的幼稚園就讀，所以暫時待在家中。

而陸無心依舊扛起一家的經濟，只是經歷過那白色雕像的賺錢方式，她有了新的想法。

在當時得到的進貢是筆不小的金額，陸無心粗略算過，那只抵得了她們半年開銷，所以她必須在半年時間完成她的想像藍圖。

她花了一點時間研究這區域的有錢人家太太的作息，並且買下了奢侈的幾件名牌，在貴太太們固定到某咖啡廳用餐時，當作一個剛搬來附近的寡婦。

她花了兩個月和那些太太變得熟悉，並且編了一套故事，提到自己丈夫偷吃的過去，然後因為拜了無心上神，才挽回丈夫的心。

「而且呀，他原本遺囑是給外頭的女人和孩子，可是，無心上神將我丈夫的心拉了回來，還把遺囑都改成我的名字了。」陸無心拿出自己的身分證，「為了感謝無心上神，我發誓這輩子都效忠祂，甚至把名字也改成了無心。」

這聽起來很誇張，陸無心可以從幾位太太的眼中瞧見了不相信的神情，也瞧見了有些太太的退卻，不過這不打緊，因為信仰是根浮木，只有要沉下去的人需要。

這群太太之中，只要有一個人相信，那就可以了。

而為了讓這謊言更加完整，她又去租了一個空教室，並且整修了木板，還花錢請了一些臨時演員當作信徒，在某個午後，帶著那些太太來光顧。

這些太太們只是意思意思看看，捧場一下，便離開了。

陸無心付了錢給那些臨演，關上了門，直到下次有人再來時，她才會再次開啟。

與此同時，她也找到了一間私人的幼稚園，簡單來說，就是沒有執照的幼稚園，連招牌都沒有，外觀看起來就是普通的住家。

既然這幼稚園是違法，也就不會要求要看陸天期的戶口，於是陸天期便送到這邊就讀。

而陸天念則準備回到學校念書，但大多時候，都是在幫忙陸無心的詐騙事業。

陸天期在幼稚園顯得格格不入，最顯著的原因便是他那異於常人的外型。

幼稚園裡有個叫小紅的女孩是帶頭者，總是會帶著其他孩子一起排擠陸天期，有時候甚至會推他，老師們見到也只是口頭叮嚀：「不能這樣」，便轉身繼續聊天。

陸天期大多時候都一個人待在角落自己玩，他會從一旁的玩具箱裡頭拿出和人一樣有手有腳的娃娃或是機器人，然後把機器人手腳拆掉，或是扭開布娃娃的手。

但布娃娃的縫刃密實，很難徒手撕開，所以有時候，他會拿著鉛筆或是原子筆，用尖尖的地方慢慢撕開。

唯有這樣，他才會覺得回到藍宗壬死亡的那個夜晚，他與兩個媽媽的密著度達到前所未有的高峰，他討厭被丟下的感覺，而在幼稚園，他時常感覺自己被丟下。

「你在做什麼？」小紅扠著腰，趾高氣昂地看著他。

陸天期沒有抬頭，他覺得有點緊張，所以更加專注在他手上把接縫處拆掉的手。

「我問你在做什麼？」而小紅哪受得了被忽視，伸手搶過了陸天期手上的娃娃。

陸天期愣住了，不知道該怎麼辦，他的家人都對他很好，而對他不好的藍宗壬，最後被弄得渾身紅，所以陸天期並不清楚知道，該怎麼面對這樣的情況。

他握緊手中的原子筆，他唯一知道的方式，就是……他突然站起來，高舉雙手就要往小紅的身上捅去——

「小紅！我們來玩捉迷藏！」

「好！我要玩！」小紅在千鈞一髮的時候轉身，而陸天期的手正好揮空，小紅完全沒察覺到，轉過頭看著陸天期，「怪咖，你要玩嗎？」

陸天期沒有回話，小紅哼了聲，「快過來，今天美美請假，破例讓你加入。」

「捉迷藏……是什麼？」陸天期小聲地問。

「連這個你都不知道？就是躲起來，等鬼找到你！沒被找到的人就贏了。」小紅簡單地說明了規則。

躲起來……陸天期最會了，之前他常常躲在地板下面，大家都不知道。所以陸天期加入了這個遊戲，這是他將近六年的人生當中，第一次真正的和同年齡的小朋友玩。

他躲到了衣櫃之中，整個人縮在最角落，而過一會兒，有另一個小朋友也躲了進來，他沒發現陸天期也在裡頭，外頭的倒數聲音已到尾聲，那小朋友很急著塞了進來，便關上衣櫥。

在這密閉式的空間，只有陸天期和那個小朋友，他甚至不知道對方是男是女，他彷彿可以聽見對方的心跳、呼吸、還有脈搏的跳動。

不知道為什麼，這樣的情況，讓陸天期十分興奮，他拿著原子筆的手緩緩往前，用筆尖戳了對方的身體。

「好痛喔。」對方說話了，是小紅，陸天期認出來。

但是小紅並沒有更多的舉動，只是以為是碰到衣櫥裡頭有尖銳物體的衣服，她伸手摸了摸後，便打開衣櫥一個小縫，偷看著外面鬼來了沒有。

陸天期見狀更興奮了，他躲在暗處觀察人，而對方完全沒有注意到他，他偷偷用筆刺了她，她也沒有發現。

不知道為什麼，陸天期好喜歡這樣的感覺。

所以他放大膽，這一次更用力的戳了下去。

「奇怪耶，什麼東西啦！」小紅又哀叫了一聲，然後往後一揮，差點就打到陸天期，好在這個衣櫃夠深，陸天期也縮得及時。

沒被發現，太好了，好好玩，好有趣。

陸天期的心臟怦怦跳著，同時也泛起微笑。

第三次了，陸天期決定這一次要更用力，在這個時候，小紅就好像他剛剛的娃娃一樣，他要更用力戳下去，看看會怎麼樣。

「啊——」小紅痛得大叫，從衣櫃滾了下去，老師們聽到聲音趕緊跑來，只見小紅在地上哇哇大哭，右手還覆蓋在左手臂上。

「怎麼了?小紅妳怎麼了，老師看看！」老師趕緊拉開小紅的手，她的手臂有了一個圓圓的紅色小洞，流出了一滴血珠。

「好痛，有東西刺到我。」小紅哭著，比著衣櫃。

其他的孩子也都跑來，另一個老師狐疑的翻動了衣櫃，沒看見什麼東……就在此時，撥動懸吊式衣服的手，碰到了一個堅硬物體。

老師嚇了一跳，把衣服全數往另一邊推去，見著了帶著猙獰笑容的陸天期，而他的手上拿著原子筆。

這件事情當然要向家長報告，陸無心和陸天念都來了，她們向對方家長道歉，同時也說著陸天期不是故意的。

「他可能不知道那是同學，以為是衣服或是什麼的，我們真的很抱歉，會賠償醫藥費。」

「我女兒說她在衣櫃有說話，他不可能不知道那是人！」對方家長十分生氣。

「那他可能只是要叫對方，然後用錯方式，用錯力道……我們真的很抱歉！」陸無心鞠躬道歉，而坐在最後面的陸天期不懂，為什麼要道歉呢？

只是，他討厭媽媽們為他低頭道歉的模樣，他的媽媽們，即便在遭受藍宗壬的虐待時，也不曾低頭道歉過。

這讓陸天期很不平衡，也覺得很生氣，不知道是氣自己，還是氣小紅的家人。

在回家的路上，陸無心接到貴太太的電話，趕緊跑去道場準備，而陸天念則帶著陸天期回家，她牽著他，問他為什麼要這麼做。

「小紅太沒用了，那樣的小傷口就在哭……」陸天期淡淡地說。

而陸天念停下腳步，蹲到了他的面前，並且把手放在他的肩膀邊：「天期，我們不能傷害別人。」

「但我們曾經把爸爸……」

「那不一樣。」陸天念認真說著，「你答應我，這件事情絕對不能告訴任何人，知道嗎？」

「因為那是錯事嗎？」

「對，那是錯事。」陸天念的雙眼蒙上一層灰，「但我們都不後悔，對吧。」

「那為什麼我做的，就不可以了呢？我也不後悔啊。」

「因為小紅沒做錯任何事情。」

「她做錯了，她要大家都不理我，她搶走了我的娃娃。」陸天期握緊拳頭，覺得委屈，「為什麼媽媽要道歉？」

「天期，在別人面前，你也不能叫我媽媽，要叫我姊姊。」陸天念又說。「無心才是你的媽媽，知道嗎？」

「為什麼？」

「因為這樣才是正常的。」陸天念說完，起身牽起陸天期的手，「你有一天就會知道的。」

陸天期被搞糊塗了，為什麼在別人面前，他的媽媽變成了姊姊，而他的外婆成為了媽媽？為什麼現在他們三個好不容易沒有了藍宗壬，卻還要顧及別人眼光，什麼叫正常呢？對陸天期來說，那個充滿血的紅色房間，那一夜他們三個人開懷大笑的模樣，才是他的正常。

從那一天後，陸天期即便無法理解，但也沒有再用原子筆去傷害其他人。不過他還是熱中於肢解那些娃娃們，老師瞧見了他這樣的行為覺得不妥，但無論怎麼提醒或是教導，陸天期就是默默一個人在角落，把那些娃娃的身體弄成一截一截的。

小紅對陸天期的厭惡更深，有時候會故意把他的娃娃身體踢走，但小紅本能的也覺得陸天期怪怪的，所以她只敢在有其他同學或是老師在場時，才會去找陸天期麻煩。

一天，老師拿來了縫紉工具，告訴陸天期說：「把娃娃分開以後，要再把它縫回去，知道嗎？」

「為什麼？」

「因為娃娃會痛呀，而且把它分開就不可愛了。」老師耐心的教著陸天期縫紉的方式，他倒也縫出心得，後來將娃娃肢解後，便會再次縫上。

差不多是在陸天期六歲的時候，有一天幼稚園多了一箱棄貓，老師將貓帶進屋內，順便教導孩子生命教育。

棄貓有四隻，三白一黑，而黑色的那隻奄奄一息，小朋友們都嫌棄黑貓不可愛、不吉利，於是老師將黑貓暫時隔離在另一個箱子。

所有小朋友們都圍聚在白貓的箱子邊，喊著「好可愛」、「好小」等話，而陸天期自己走到了黑貓旁的箱子，靜靜的看著牠。

真是奇怪，身為人類，白色的他被大家排擠。而身為貓咪，黑色的牠被人家排擠。到底要是什麼樣的顏色，大家才會喜歡呢？

陸天期朝那群人看去，明白了，要是和大家一樣的顏色，才不會被當怪胎。

於是他將手伸到黑貓的箱子之中，黑貓感覺到了溫度，咪咪了幾聲，小舌頭甚至舔了舔他。

前所未有的情緒在陸天期心中爆發，他看見了比他脆弱的生物，在那瞬間，湧起了一種保護欲。

他決定要照顧這隻貓咪，這隻和他一樣，不被大家接受的貓。

小貓們統一留在幼稚園飼養，牠們很快的成長茁壯，黑貓根本沒有人理會，只有陸天期一個人每天陪伴黑貓。

他覺得，黑貓和自己就像連體嬰一樣，他們心有靈犀，黑貓也只對自己的叫喚有反應。

而其他的白貓們身體強壯，過沒幾個禮拜，便精力充沛的到處搗蛋，小朋友們總是開心地和白貓玩在一塊兒。

黑貓則總是靜靜地待在陸天期旁邊，不和其他小朋友玩耍，也不會跟其他貓玩樂。這讓陸天期有種優越感，而其他小朋友也羨慕著陸天期身邊有這樣的小跟班。

「貓讓我摸摸！」習慣受注目的小紅覺得不高興，尤其她的手被白貓抓傷了好多地方，所以她想要把乖巧的黑貓占為己有。

「不要動天遙！」陸天期打了小紅的手，並把黑貓塞到了自己懷中。

「天遙？」小紅重複。

「牠叫陸天遙，是我的兄弟。」陸天期大聲說著。

小朋友們聽了都愣住了，小紅馬上哈哈大笑起來，其他的孩子也跟著笑了：「牠是貓耶！怎麼可能是你的兄弟，太好笑了吧！」

「不管你們怎麼說，牠就是！」陸天期抱著黑貓，媽媽們最近都在忙教會的事情，只有黑貓在他身邊，黑貓是他的唯一。

「你這個笨蛋！把貓給我！」小紅伸手去搶，陸天期抱著黑貓逃，兩個人在屋內你追我跑，小紅伸手抓住了黑貓的尾巴，黑貓痛得叫出聲音，並跳離陸天期懷中，貓爪在小紅臉上反覆抓傷。

「哇——」小紅痛得哭了起來，這下子家長又來了，這一次陸無心沒有辦法過來，只有陸天念在道歉著。

「不是我的錯，是小紅要抓陸天遙的！」陸天期極力解釋，一手撫摸著貓。

「你說什麼？」大人們疑惑。

「他把貓咪取名成和他很像的名字，他好奇怪！」小紅在一旁告狀，活該，誰叫陸天期總是要和自己作對。

「牠是我的兄弟。」陸天期只是默默地這麼說。

這一次，陸天念讓陸天期離開那個幼稚園了，而離開的陸天期也帶著陸天遙離開。

「也許讓天期回歸社會，還太早了……」她們下了這個結論，便決定讓陸天期在家自學。

於是陸天期和黑貓在家裡度過了一段非常美好的時光，白天的時候，陸天念會去補習班，她打算重新考高中，而家裡則會請保母過來帶著陸天期。

陸無心的教會，在某次一個富貴太太實現了老公回頭的願望後，信徒便多了。而陸無心有時會安排一些「教友」分享自己實現願望的「真實經歷」。

有道是三人成虎，當越來越多人說它靈驗的時候，它自然而然就會靈驗。

那小小的白色雕像，如今有了這樣的神奇能力，是來自人類的盲目信仰，還是信念終會成真？

但無論怎樣，陸家人的經濟能力是真的變好了，陸無心會將頭髮梳理整齊，為了看起來更有公信力，她統一會穿著藍色衣服，也開始希望教友們穿上相同的服飾，有制服，才有系統。

在沒有兩個媽媽陪伴的時候，只有黑貓陸天遙陪在他身邊，但有一天，家門沒有關起來，黑貓趁機跑了出去，然後再也沒有回來過。

陸天期哭了起來，那是他短短六年歲月之中，第一次因為心痛而哭了出來，他好像失去了生命的一部分一樣。

他花了好多時間尋找，幾乎每一天都從白天找到夜晚，而黑貓並不少見，傳單貼滿了巷弄，也不見有人來電，大家都叫他放棄，他還是不願意放棄。

然後在某個午後，家裡電話響了，有人說在公園見到了陸天遙。

陸天期非常高興，也不等保母，便立刻往外衝去公園，然而到了公園，卻沒有瞧見黑貓，而是看見小紅和幾個女生帶著勝利的微笑，雙手叉腰站在那等。

「你的弟弟不見了呀？」小紅從口袋拿出黑貓的尋找告示，「你的貓也不乖呀！」

「我的天遙很乖！牠是我的弟弟，牠不是一般的貓！」陸天期握緊拳頭，激動地喊，然而這樣的話卻換來小紅她們的嘲笑。

「貓就是貓，什麼你的弟弟！」

「妳騙我嗎?!」陸天期吼。

而小紅比了一下在另一邊長椅上的家長們，又比了一下後面的草叢，「我才沒有那麼無聊，我是真的看見黑貓了，才叫我媽媽打給你！」

「我的天遙在那邊嗎？」陸天期很高興的往草叢方向去。

「貓看起來都長一樣，我只知道是黑貓。」小紅哼了聲。

陸天期來到草叢邊，撥開了那些草，確實看見了一隻黑色的貓，他高興地伸手就要碰，但是黑貓卻嘶吼一聲，抓傷了陸天期的手。

這一抓，讓陸天期整個人愣住。

「哎呀，牠抓傷你了啊，哈哈哈。」小紅滿意地笑著，和那群女孩回到長椅邊的家長身旁，開心的離開了公園。

而陸天期不敢相信，那隻黑貓正在對他哈氣。

「天遙……是我呀，你不記得我？」陸天期顫抖的說，再次伸手，但黑貓又抓傷了他第二次。

而黑貓一個挪動，在牠的肚子那，有好幾隻小貓正在吸奶。

「妳生小貓了？有自己的家庭了？」陸天期不可置信，「所以……妳要拋棄我了？」

頓時，一種被背叛的感覺從陸天期心底深處湧出。

他和兩個媽媽好不容易逃離了藍宗壬，但現在他卻時常一個人在家。

他把全部的心思都放到了黑貓身上，甚至稱呼那是他的弟弟，可是黑貓有了自己的家人，毫不猶豫也把他當作敵人。

他永遠，會被拋下。

他想起陸無心和陸天念道歉的模樣，想起自己被小紅她們排擠的畫面，想起自己和陸天遙形影不離的過往，又想起了藍宗壬要他舔舐的噁心光景。

當陸天期回過神的時候，他已經扭斷了黑貓的脖子，同樣的，也扭斷了他內心的某條線。

「天啊！這是……你找到貓了？」保母姍姍來遲，看見陸天期坐在長椅上，而他的手上懷抱著頸椎斷裂的黑貓，以及四隻幼小的貓。

「嗯，但是牠們死了。」陸天期淡淡的說，看著懷中的五隻死貓。

「我們找個地方把牠們埋起來吧。」保母疼惜地摸著這位可愛的小天使，擔心他因為目睹貓屍體而有陰影，更趁這個機會教會他一場生命教育。

然而陸天期卻搖頭，「死掉的屍體不是埋起來的。」

「是埋起來的呀。」保母還想著，難道這孩子打算火葬之後再撒骨灰嗎？但陸天期卻把手放到黑貓的脖子上，再次用力一捏，讓保母發出驚呼。

「捏不斷……」陸天期喃喃，「要用刀子才行……」

「天期，你在說什麼，快點放開。」保母制止，並拉著陸天期來到一旁的土堆，要他把貓屍體丟進去。

「不要！」但是陸天期抵死不從，「我不會再讓牠離開我！」

保母沒辦法，妥協道，「不然我們拿個紙箱，把牠帶回家附近埋，這樣離你近一點好嗎？」

就說了，屍體不是用埋的，屍體是要切成一小塊一小塊後，到處放的。

陸天期想這樣回嘴，可是想起自己答應過媽媽，不能說出爸爸的事情，所以面對保母，他只能點點頭表示同意。而保母看陸天期終於聽話了，也鬆了一口氣。但在內心深處湧起了不安，認為這個孩子不太一樣。

回到家後，在保母的催促下，陸天期還是跟著她把貓埋到了公寓後面的花園，還用石頭做了一個小墓碑，有模有樣的跟著保母在小石頭前雙手合十祭拜。

而這件怪事，當然保母也報告了先行回到家的陸天念。

「他說了什麼屍體不是用埋的，這年紀的孩子對生死比較沒有概念，需要家長們多多注意。」保母低聲地說。

「謝謝妳，我會注意的。」而陸天念笑著回應，卻有些不安地看著正在玩機器人的陸天期。

她要用什麼資格去告訴陸天期，屍體正確的擺放位置呢？

基本上，就連她自己也都不太清楚，她從出生就在藍宗壬的監控之下，對於社會上的許多常識，她一竅不通，甚至不知道該怎麼回應同年齡的朋友們的話題。

有時，她還是會在夢中驚醒，以為藍宗壬又在她的身體裡。

回到現實世界後，她反而模糊了正確觀念。

所以，陸天念不知道要怎麼教陸天期。

她將這個煩惱告知了陸無心，而陸無心只說了：「只要再長大一點，習慣了這個社會，自然就能回歸了。」

陸天念不知道的是，陸無心自己也不懂要怎麼教導她們正確的觀念，因為她們自己本身，也沒有正確觀念。

在無心教逐漸累積教友的關鍵時刻，陸無心沒太多心思放在這兩個孩子身上，同時也認為兩個孩子應該懂事到能自己找到生存方法，畢竟在藍宗壬那都活了下來，現在她們有了良好的經濟能力，又沒了藍宗壬，照理來說，應該是幸福快樂呀。

只是陸無心忽略了，這兩個孩子跟她不一樣。

陸無心好歹也有過快樂的童年，正常的家庭一陣子。甚至談過一場小小戀愛，有過正常的交流與互動。

然而陸天念和陸天期，從一出生就沒有在正常的環境下生活過，所以沒辦法跟她一樣快速的回歸社會。

陸天期在埋了貓以後，越想越覺得不對，所以他回去挖開了貓的墓，卻發現貓屍體已經腐化了，長出了白色的蟲。

他嘔了一聲，把土覆蓋回去。

「下一次要趁還沒腐爛前拍照。」然後有了這樣的感想。

離開前，他又看了那團土堆，靜靜地說了句：「掰掰，陸天遙。」

第八章

跳樓的天念

一刀、兩刀、三刀。

小的鳥類短短的一刀就夠了，只是牠們不太好抓。

不然直接捏爆也行，可是手會髒，不太喜歡。

上次用石頭砸感覺不錯，缺點是血液往哪噴不知道，最喜歡的鞋子就沾到了，不是很開心。

貓的話有分大貓、小貓，大貓警戒心強，不好抓，但是抓到了會有成就感，缺點是手上容易留下貓抓的傷痕。小貓的話好抓，只是殺起來的感覺沒有大貓好。

狗的話選擇更多了，大中小狗都有，大狗目前沒有辦法，小狗的話比貓親人，只要拿食物或水，甚至有時候只要朝牠喊一喊，牠就會自己靠過來，果然是人類最忠實的朋友。

有時候換個口味，會改抓青蛙、蚯蚓、螳螂之類的小昆蟲，之前還抓過魚，魚有點噁心，不是很喜歡，嘗試過就好。

回歸最親切的，大概還是貓跟狗了，只是最近殺得太多，看見公布欄有里長的提醒，要大家注意別讓自家貓狗亂跑，而流浪貓狗似乎也有一些所謂的「愛貓愛狗人士」設法保護。

「真是麻煩。」陸天期嘟嘴，看著房間內正縮在角落的小貓。

他伸手一抓，小貓發出叫喊，然後他來到浴室，熟練地用刀片劃過了小貓的頸部，頓時血液噴灑，他用更快速的動作割斷了小貓的四肢。

「小的貓咪比較好用……」他碎碎念著，最後才切斷了貓的頭顱。

被分開的各處都還會抽動，陸天期挺好奇，這樣貓是還活著嗎？

然後他拿出了針線，再將四肢縫回去，這有點困難，不過他這些日子以來練習有成，已經能縫得漂亮些了。

再縫回去，變回一隻完整的小貓，不過卻死了。

「真無聊……」他抱起小貓，放到了塑膠袋內，打算明天出去時再找地方丟掉。

然後他把沾血的衣服用水泡了一下，順便洗澡。

今天，是他的七歲生日。

而當他走出浴室的時候，發現陸天念站在外頭，一臉鐵青的拿起陸天期泡在水中的衣服。

「這上面是怎麼回事？」

「是血呀！」陸天期瞇眼一笑。

「什麼血？你受傷了，還是……」陸天念掃視過陸天期的全身，並沒有傷口啊。

「是這個啦，媽媽。」陸天期快速穿好衣服，拉著陸天念的小手，來到他房間的桌邊，他拿出之前陸無心給他的簡易手機，打開了那些「藝術作品」，而陸天念一看，臉色更是難看。

「我拍得很漂亮對不對？」陸天期對於自己的作品很滿意。

「這是……你殺的嗎？」陸天念不可置信，好幾十張的動物屍體照片，死法不盡相同，而最新的一張顯示今天才拍攝的，小貓的四肢被截肢了以後又縫上。

「對呀，我現在比較順手了喔。」陸天期天真說著，等著陸天念的稱讚。

「為什麼要做這種事情?!」但沒想到陸天念卻憤怒的朝他喊，這讓陸天期愣住。

「因為很無聊啊……」

「你無聊可以畫畫、看書、看電視、玩玩具，為什麼要殺這些小動物？」陸天念顫抖，看見了一旁的塑膠袋，小貓的屍體甚至還裝在裡面，「天期啊！你為什麼要這樣子……」

「媽媽不是也這樣做了嗎？外婆也是！那時候我們三個明明很開心，還把爸爸丟掉了，為什麼現在就不行了？」陸天期氣惱，他不懂自己做了以前一起完成的事情，卻得不到稱讚。

現在的媽媽和外婆都有自己的生活，都不理會他了，只有在殺這些小動物的時候，才會回想起當時三個人一起處理藍宗壬的一體同心，那時候明明很快樂啊！

「妳們都要拋下我！」

「我們沒有……天期，那是不對的事情，我們不能那麼做……」陸天念不知該如何解釋，她好後悔當時讓陸天期看見那一切。

「妳還說不後悔殺掉爸爸，那為什麼現在我就不行?!」

對，再讓陸天念選擇一次，她會更早就殺掉藍宗壬，但這一次，她不會讓陸天期看見了，這孩子再來要怎麼生存，她要如何教他？

「等我以後長大了，我會再殺更大的，就像爸爸那樣！」陸天期不知道是出於氣話，或是認真，但這絕對讓陸天念萬念俱灰。

她明白自己，沒辦法教這個孩子正確的觀念，因為就連她自己也不知道什麼叫作正確。

於是她跪下後流下眼淚，陸天期慌了，「天期，我要你答應媽媽，你再也不會做這樣的事情。」

「什麼事情？」

「殺這些小動物。」

「為什麼不行？」

「我要你答應媽媽！」她抓緊陸天期的手腕。

「……嗯。」在那個當下，陸天期答應了，但只是為了應付。

陸天念抱住了陸天期，希望這個孩子真的能改變。

而因為陸無心對這件事情從來不放在心上，一直覺得陸天期太小了，以後就會忘記了，她的教會忙碌得很。

所以陸天念不去補習班了，改成請老師來家裡教學，以便她隨時陪伴在陸天期身邊。家庭老師是個大學男生，一個禮拜會來三次，來的時候，陸天期都會在自己的房間自修，不能傷害小動物的日子，陸天期像是戒毒的初犯，總是會不自覺的顫抖。

但是媽媽每天都在家，所以他稍微能忍耐。

可是這樣忍耐的日子沒能太久，陸天期很快學會傷害一些不會流血的昆蟲，例如螞蟻，他會用尺一截截的切斷螞蟻的結節分成三塊。或是用膠帶黏住螞蟻，看著牠們慌亂的模樣。

有時候會換成蚯蚓，切斷環帶後等著牠們重新生長，或是切斷壁虎的尾巴等，但是這些東西都不會叫，看不出牠們的痛苦與掙扎。

非常無聊。

他懷念那些貓和狗，時常會看著過往作品的照片欣賞，後來按捺不住，偷偷殺了一隻，卻差點被陸天念發現，但是陸天念沒有證據，只是從陸天期衣袖上的血跡評斷，這讓陸天期死不承認，說那只是自己流鼻血的血跡。

「再來要小心一點。」陸天期如此提醒自己。

但就在某個家教來的日子，陸天期偷溜了出去，殺了一隻小貓後回到家中，卻聽見陸天念房間傳來了驚慌的聲音，陸天期趕緊跑了過去，見著那個老師居然把陸天念壓在地上，而身體在她的兩腿之間。

「不、不要！不要！」陸天念慌了，奮力求救，壓在她身上的男老師瞬間和藍宗壬的臉重疊。

「什麼不要……妳一直都在誘惑我不是嗎？穿短裙、穿低胸、不時的碰觸我，妳明明就是在暗示我……」男老師伸手碰觸了陸天念的胸部，陸天念驚叫。

「不要——爸爸！不要！」她大哭起來，像是回到了孩提，第一次被藍宗壬侵犯的那天，以及往後每日每夜的夢魘。

「什麼爸……嗚！」在那個瞬間，男老師痛苦的叫了聲，有溫溫熱熱的東西滴到了陸天念的臉上，她張開眼睛，看見了陸天期拿著刀片，整個人趴在男老師的背後，他的左手從男老師的左肩跨過，看起來刀片原本是要從右耳下方劃過，但也許是距離沒抓好，或是陸天期年紀太小，他的刀片劃在老師的右臉頰上。

「幹——什麼東西！」男老師劇痛，整個人站了起來，陸天期不放棄，仍想劃破男老師的臉，但是男老師人高馬大，一隻手就把陸天期往前方丟去。

「哇！」陸天期喊了聲，重重地摔到了牆壁上，頭在撞到牆壁的瞬間還發出了可怕的聲音，陸天期覺得眼前一黑，身體沒辦法動。

「幹！這小鬼是怎樣！想殺我嗎？」男老師摸了臉上的傷口，衝過來又要打陸天期，但陸天念立刻擋到了他面前。

「他是在保護我！你這個禽獸，我要報警，我要報警！」陸天念歇斯底里的大吼，男老師自知理虧，悻悻然地離去，嘴裡還不忘咒罵一番。

「我的天，天期，你還好嗎？我馬上送你去醫院……」陸天念泣不成聲，而陸天期吃力的舉起了他的小手。

「媽媽……這一次我做對了……嗎？」

「對，謝謝你保護我……謝謝你……」陸天念想抱起陸天期，但卻不知道會不會傷到他。

「有些人……就跟爸爸一樣……天生該死……對吧？」

沒有人是該死的。

這種冠冕堂皇的話，陸天念說不出口。

因為藍宗壬確實該死，再給她選擇一次，她一樣會那麼做。

可是……可是這是不對的啊……

陸天念看著這孩子眼裡露出的光輝，她徹底死心了，這個孩子……有一天，一定會殺人的。

他現在才七歲，卻能在那樣短的瞬間，毫不猶豫拿起刀往成年的男人臉上割去，再怎麼要保護媽媽，這樣的舉動，對一個孩子，甚至是一個成人，都太過了。

陸天期的狠勁，陸天念知道，她教不來。

他們三個人，在被藍宗壬囚禁的那幾年，已經註定離不開黑暗。

於是陸天念抱起了陸天期，在他的臉上親吻。

「媽媽……妳為什麼要哭……？」陸天期看不清楚，覺得他被抱起來，而且朝外走去，然後聽到了開門的聲音。

「天期，是我的錯，我生了你……卻沒辦法保護你，沒辦法讓你成長為陽光下的孩子……你連健保都沒有，你該是天使，卻被我們變成了惡魔……」陸天念哭著，爬上了公寓頂樓，那陽光燦爛，卻始終照不進他們的心中。

也許，他們從來都沒有逃出藍宗壬的掌心，無論他生前死後，永遠都糾纏著他們。

「我為什麼是惡魔……？」陸天期睜不開眼，天空好亮，而且他的頭好昏。

「我們都是惡魔，我一邊教你不能殺人，卻一邊也渴望著那些男人都該死，我們都是惡魔……」陸天念最怕的，是她失去了做為「人」該有的道德。

她沒說的是，在內心深處，她也覺得殘害其他生命沒什麼，她自己受過了那麼慘的遭遇，看見別人過得平凡幸福，她內心升起的嫉妒、不平衡之濃烈到她無法駕馭。

除了怕陸天期有一天會殺人，她更怕的是，到時她會認同陸天期的行為，甚至幫助他。這個世界已經足夠骯髒，不需要再有兩個惡魔。

「媽媽……對不起……」她哭著對陸無心道歉，她明白陸無心所做的一切都是為了他們，創立的無心教騙取信徒的錢財，再利用那些錢聘請臨演，接著花錢幫信徒實現一些小願望，藉以鞏固無心教的名聲。

那些信徒的願望，不排除一些骯髒的，例如希望老公早點死去、希望董事會的誰消失、希望與自己孩子競爭的孩子受傷等，只要能幹點骯髒事就能實現的，陸無心不在乎道德良知，就會花錢請人解決。

陸無心，也早就無心了。

她不想有一天，也成為了那樣的無心，所以這是陸天念能給的最後母愛，不該出生的生命，他們兩個會一起離開。

「媽媽愛你。」她低頭，看了她那潔白的天使。

「所以才要殺我嗎？」陸天期總算明白，他們現在在哪了。

「你會理解媽媽的用心良苦。」她好累了，她的人生早在被強暴的那一天就停止了。

接著陸天念一躍而下，在頭要碰觸水泥地前，她聽見了陸天期的回答：「媽媽，妳也背叛了我。」

陸天期在空中旋轉了一圈，讓陸天念壓在地板，所有的劇烈衝擊都在陸天念的背部，腦漿與血液流了一地，陸天期在她懷中輕輕抬頭，瞧見了突出的眼球，他淺淺一笑，卻又掉下眼淚。

「再見了，媽媽。」然後繼續躺在她的懷中，感受逐漸沒有了溫度的懷抱。

*

陸天期張開眼睛的時候，他們待在家中，陸無心一臉憔悴坐在床邊，一見到他醒了，便立刻撫摸他的臉。

「有沒有哪裡會痛？」

他搖頭。

「發生什麼事情了？」

「媽媽死了嗎？」陸天期問，才注意到床邊站了許多人，其中還有一個眼熟的阿姨，但他想不起來。

「死了，為什麼？」陸無心問。

「她說我是惡魔。」

「喔，不，我的寶貝怎麼會是惡魔……」陸無心心疼地親吻了他。

「是呀，你看起來就像是天使一樣。」那位阿姨開口，「我第一次看見你，就覺得是天使啊！」

陸天期想起來了，這是何太太，在以前待的那個家時，來過他們家拜著那白色雕像的何太太。

「我在想呀，不如安排一場神蹟？」何太太在陸無心身邊起點子，她現在是無心教的重要幹部，即便後來發現無心教只不過是無心插柳柳成蔭，她也相信人們的信念能凝聚力量，更何況，有什麼東西能比宗教更歛財呢？

於是，陸無心和何太太在一旁熱烈討論，而陸天期則靜靜閉上眼睛休息。

在那之後，陸天期過了一段渾渾噩噩的生活，被陸天念帶著跳樓這件事情，就像是當年黑貓抓傷了自己一樣，都否定自己，並且背叛自己。

他時常覺得胸口疼痛不已，因此變得更加殘暴，即將要八歲的他，卻沒接受任何正規的教育，他沒有報戶口，在臺灣等於是個不存在的人，所以不會有社工的介入。

陸天期把憤怒與不平發洩在更多動物上，每當陸無心回到家中，看見滿屋子的動物屍體，便會皺緊眉頭，但是她跟陸天念不一樣，並不會指責他，而是靜靜地、默默地把動物的屍體收好，安葬在院子之中。

自從陸天念帶著陸天期跳樓，這件事情引來了廣大的注意，但是陸無心透過關係壓下了陸天期也在的事實，之後他們搬到山上有著大院子的獨棟裡。

陸天念的自殺原因，追查到了當時男老師身上，正巧他在那之前才企圖侵犯陸天念，身上滿滿都是他的ＤＮＡ，而陸無心搶在警察找到他以前，先行找人讓男老師「被自殺」，並且留下了遺書。

於是陸天念的死亡成為了差點被男老師侵犯，而一時跨不過，才會跳樓輕生。

「媽媽，我很無聊。」陸天期站在露臺邊，看著陸無心拿著小鏟子將動物屍體埋進去。

「你殺了這麼多的動物，我要做多少功德才補得回來，你知道嗎？」陸無心輕輕說道。

陸天期聳聳肩，「男老師不也是被媽媽解決掉了嗎？」

「那不一樣。」

「又來了，每次都只會說不一樣，我做的就都一樣，妳們做的就都不一樣。」陸天期嘖了聲，但雖如此，陸天期發現自己和陸無心似乎比較合拍，在陸天念死去後，陸天期只剩陸無心這個媽媽了。

「這山中有許多流浪動物，隨便你要怎麼處理都行，只要能讓你壓力減輕的話。但是你不能殺人，知道嗎？」陸無心強調。

「為什麼？」陸天期以為她會說些如同陸天念一樣的話。

「因為你太小，不會分辨哪些人可以殺。」但沒想到陸無心卻這麼說。「人類是骯髒的靈魂，但是動物們卻很純潔，每當你損傷了一條生命，我便需要幫助教友們完成一些無傷大雅卻又光明正大的願望。」

陸無心舉例，某位教友在等待著腎臟移植，而那時陸天期殺了三隻小狗，所以她只得派人去找有沒有匹配的腎臟，並且花了天價請對方捐贈。

這還是好處理的，有些人總是願意為錢付出一切。

但偶爾也是會遇到不吃這一套的，這時就該軟硬兼施，讓對方知難而退。

陸無心有時候會淡然地想著，或許該感謝藍宗壬如此慘無人道，讓她這些年來不再輕易的受情緒波動，她最重要的女兒陸天念已經死了，再來她唯一在乎的就是天期了。

所以那些旁人是生是死是快樂是悲傷，都不關她的事情，她只要陸天期好好的活著，就行了。

即便陸天期是惡魔，她都要能夠成為為這惡魔隻手遮天的上帝。

於是陸天期本來就扭曲的觀念不但沒得到矯正，在陸無心更加扭曲的觀念之下，他成為了一個無法分辨是非對錯以及正常倫理的人。

沒有正統的戶籍，他沒辦法接受學校的教育，也沒辦法和其他同年齡的人相處，即便陸無心也會請家教來教導他一些該有的知識，但那些家教也很快地被陸天期過於陰沉又扭曲的言行給嚇跑。

隨著年齡增長，陸天期懂得不說話的他才不會嚇到人，所以陸天期減少了和家教說話的機率，只是靜靜的聽著這些外來的人們講述著一些他永遠不理解的社會常識，陸天期學得會，也能融會貫通，但骨子裡他是不理解的。

畢竟，他自己本身就不是「社會常識」之下所誕生的生命。

所以十五歲以後，他便跟陸無心提不想再吸收知識了，陸無心也不勉強，只要陸天期健康就好。

陸天期相當會利用網路，他找到了許多有興趣的解剖學理論，並也實際運用在貓狗上，甚至學會製作標本。

他這些年來最常待著的地方，便是陸無心應他要求所準備的地下室，那是陸天期的實驗室，放滿了許多動物標本，栩栩如生。

只要待在這裡，他便覺得相當自在與安全，他也不用再到外頭去抓流浪動物了，只要透過網路購買或是認養，使用日益壯大的無心教裡頭教友的資料，他便能獲得許多小動物們。

每當他的刀劃過貓狗的皮膚時，聽著那些淒厲的叫聲，陸天期便能感受到一陣難以言喻的快感，而與此同時，他腦中會浮現一個女孩的容貌，但很快就又消失。

他會稍稍感到惋惜，對於陸天念的臉，他幾乎快要忘記了。

所以為了能再憶起陸天念，他更加沉浸在這些殺戮與製作之中，要是當年，他就學會了標本的技巧，或許他就能把陸天念永遠留在身邊。

有次，當他來到無心教時遇見了何太太，她驚訝於陸天期已經成長為如此翩翩美少年。於是，何太太又提議了許久之前所提起的，所謂的神蹟。

「天期長得這麼漂亮，就像是天使一樣，要是他能夠在無心早會上亮相的話，我想教友們一定會很開心。」

「如果可以的話，我不希望太多人知道天期的存在。」綁著公主頭的陸無心穿著藍色襯衫，今年也已經四十五歲，而陸天期來到二十歲。

「別說他是誰呀，只要說是某個教友的孩子，生下了這樣的天使……教會裡頭也有許多和天期相同年齡的孩子，天期也該有些朋友……」何太太的話在陸無心的腦中盤旋，她看了一眼正在看書的陸天期。

「你認為呢？」

陸天期時常躲在後臺看著陸無心站在萬人之上的臺上，她一說話，下頭的教友們都會鼓譟、激動甚至流淚。

「我不想站在臺上。」陸天期翻了一頁書，研究著人類的骨骼。

他優雅、美麗，光是站在那就像是一幅畫。

「他說了不想，我尊重他。」陸無心朝何太太微笑，「這件事就到此吧，上次說的，要妳找找看有沒有一些可以利用的空房，結果如何？」

「啊，有幾家可以留著觀察，有些住屋只剩下年老的人居住，子女也都在國外，等他們走了以後，那些空屋即便被拿來使用，也不會有人知道……」何太太邊說邊打開手機，讓陸無心看了一些選擇。

而陸天期百無聊賴，翻完了那本人體研究的書籍，看著陸無心和何太太還在熱烈討論著聽不懂的話，過了一會兒還有一位張太太也進來，見著陸天期與他雙手合十打招呼，加入了她們的討論。

陸天期看了一下外頭，現在道場沒有活動，教友們自由走動，但這裡算是高階主管才能進入的區域，而高階主管們幾乎都知道陸天期的存在，於是他便打算到處晃晃。

在長廊上遇見一位資深的女幹部，但陸天期不知道她的名字，而女幹部熱烈地與他打招呼，「沒想到能見到您，真是我的榮幸！」

許多人見到他，總是會如此激動，這讓陸天期不解，但也樂於這樣的奉承。

「我今天是來找老師開會，把我女兒也帶來了，要是您不嫌棄，方便和我女兒聊聊嗎？」對方邊說邊拉著陸天期來到會議室，從透明的玻璃瞧見了裡頭坐著一位穿著制服的少女，而女人推開玻璃門，正聽著耳機的少女抬頭，與陸天期四目相交。

陸天期還以為自己看錯了，少女像極了陸天念，也許是陸天期沒見過什麼年紀相仿的同儕，又或許是少女的年紀恰巧為十五，總之，陸天期在當下傻愣住。

而少女同樣也被宛如童話故事般走出來的白王子給吸引，潔白的肌膚、頭髮甚至是睫毛，唯有嘴唇紅潤，雙眼是淡色的黑，陸天期簡直就是天使下凡。

少年少女一見如故，就無需多加敘述，在放暑假的那兩個月，少女幾乎天天都會來到無心教，就只為見這超出塵世般的陸天期。

而那段時光，陸天期也不再沉迷陰暗的地下室，與那些血腥的興趣，少女是他生命之中從來沒出現的色彩，讓陸天期露出了笑容。

「最近有部愛情電影好像很好看，我們一起去看好嗎？」一天，少女在會議室裡邀約陸天期。

陸天期當然知道電影院是什麼，但他從來沒去過，應該說，他懼怕外面的世界。

但是面對少女閃亮的雙眼，陸天期沒猶豫多久，便答應了少女的邀約。

對此，陸無心也樂見其成，她在陸天念的相片前低語：「妳瞧，我當時就說了，天期年紀還小，所以他會犯錯，如今隨著年紀長大，隨著見識不同，他會回歸社會，也會越來越正常的……」

陸無心從來不覺得，給陸天期那個地下室有什麼問題。誰說熱愛解剖和分屍動物的人就是變態呢？許多事情不是都有一體兩面的嗎？要是沒有解剖，何來醫療的進步？誰知道陸天期會不會成為醫者？

她給孩子足夠的空間，她認為所有的孩子都有其可能性，不該限制生命。

所以，也不該限制生命誕生的方式。

畢竟，陸天念、陸天期，都是在不可能的情況下出生的孩子，但是他們一樣是陸無心的寶貝。

「老師，有對夫妻要來求子。」

陸無心微笑，起身，朝辦公室走去。

她所提出的方法，不合理又不人道，但會接受的人便會接受。幾對夫妻之中，總有一兩個會真的懷孕生出孩子，這並不是神蹟，而是機率。

沒有辦法懷孕的人便不會再來，而懷孕的人便會相信無心教，這是一個穩賺不賠的宣傳。而當夫妻已經完全沒辦法生育後，陸無心便會用藍宗壬那套方式，要男主人對自家女兒下手，這是親上加親，而生出畸形的機率其實並不高，也許隱性基因的缺陷機率提高了，但，嚴格說起來，那畢竟也只是機率。

而年輕的女孩又比成熟的女人更容易受孕，過於想要孩子的父母，有時候，他們什麼事情都做得出來。

陸無心並不是無心，她也促成過好幾個這樣的家庭而後美滿和諧，這只是一種比較不能被社會接受的新穎想法，只要當事人開心，那有什麼不行的呢？

無心教，並不是無心。她所崇尚的是一種更高階的家庭契合，讓所有父母與子女都能幸福快樂的模式。

這是她一直以來所希望的，她在陸天念身上失敗了，陸天期也曾經迷惘過，但這都不打緊，陸無心會用盡一切辦法，只希望每個家庭都能美滿，這就是她的目的。

隱藏在無心教標語《天天念念，遙遙無期》的後面，這才是無心教的最高教義。母愛。

第九章

離去的天遙

陸天期穿著藍色襯衫與黑色長褲，戴上了鴨舌帽子與太陽眼鏡，想多少遮掩他的與眾不同，但出眾的氣質和高䠷的身材，讓他光是站在路邊就引來注目。

能和如此受到注目的人走在一起，少女覺得十分有面子，但同時也發現，那些比自己還要漂亮、身材姣好的女性，也對陸天期投來好奇的眼光，更甚至在看了她一眼後，露出不以為然的訕笑。

所以少女主動牽起陸天期的手，想宣示主導權，拉著他進到了電影院。

陸天期很少看以愛情為主題的電影，所以他感到十分新奇，對於男女主角之前湧起那名為「愛情」的情感，他感到很陌生，就連所謂的「性慾」他也一知半解。

然而電影總不會描述得詳細，結束後他們兩人還到了書局翻了幾本愛情小說，這一個世界對陸天期來說完全陌生，性該是建立在愛之後所自然而然發生的事情，但在陸天期的世界，沒有人教過他什麼是愛，他就先學會了性與衝動，還有殺戮。

「愛情就是兩個人想待在一起，然後會想要碰彼此。」而對於一個十五歲的少女，她對愛情的定義也十分侷限，說出的話都是從電視、小說或是自身尚不足的人生歷練中學到的。

「那我們現在是愛情嗎？」陸天期疑惑。

而少女紅了臉，「你想跟我在一起嗎？」

「想。」

「那就是愛情了。」少女笑了，在那個書香氣息濃烈的午後，他們在那親吻了彼此，成為了初吻。

這的確是美好的，在情竇初開的當下，那是多美的畫面。

只可惜，陸天期不懂愛，也不懂愛情，他永遠不會懂，他不會愛人，他只會傷人，並錯把那些當作是愛。

也許，你可以稱呼這是，隱性的基因缺陷。

少女和陸天期的小小戀愛，看在其他大人眼中並無不妥，他們甚至沒有往戀愛的方向想，只覺得是感情比較要好。

而少女從電視、網路、小說所學到的愛情，包含了大量的肢體碰觸。陸天期從小時候的經驗，也認為肢體碰觸是最終的愛，於是他們在會議室好幾次發生了關係，認為這是愛的確認。

這一段美麗的戀愛，維持了兩個月，也就正好是暑假結束。

少女因為上課，消失了好一段時間。這讓陸天期焦慮難耐，又回到了地下室，那群動物標本的懷抱。

假日，少女興奮地來到了無心教，想與陸天期分享學校的新生活，但越聽，陸天期越有自己被拋棄的感覺，因為在少女的新世界，沒有陸天期的存在。

「妳不要再去學校了。」

「為什麼？」少女不解陸天期的要求，「對了，難道你還沒開學嗎？」

「我沒有在上學。」陸天期對上學沒有好印象，「所以妳也不要去了。」

「本來就要上學啊……你是休學中嗎？」少女的話，陸天期都聽不懂。

他只聽懂了，在陸天期與學校之間，少女選擇了學校。

「你身上有一個奇怪的味道耶。」少女嗅了嗅他，陸天期稍早才從地下室出來，他才處理完一隻貓，因為聽到少女今天會去無心教，所以他立刻就來了。

「因為剛剛弄完貓。」陸天期說。

「貓？你有養貓？我最喜歡貓了。」少女亮了雙眼。

「妳喜歡貓？那狗呢？」

「也喜歡，我喜歡小動物！」

「……我家有很多，妳要來看嗎？」陸天期邀請，少女當然點頭。

陸天期在當時，並沒有覺得自己哪邊不對。

他只是想引回少女的注意，而少女對他的貓狗有興趣，陸天期非常高興。他那些標本的存在，只有陸無心知道，陸無心並沒有責備過他。

所以他不明白，那些東西在常人眼中看起來有多奇怪。他認為少女會喜歡那些貓狗，畢竟，他真的擁有很多貓狗。

當天，無心教正是週六的感恩分享會，所有教友們都齊聚在道場中，陸天期帶著少女偷偷溜離了道場，回到他們位於深山的家之中。

少女瞧見陸天期的家如此美輪美奐，不由得張大嘴，認為陸天期真的是王子。

兩個人度過了久違的單獨時光，甚至在陸天期的房間再次發生關係，少女才問道：

「貓咪呢？」

陸天期拉起裸身的少女，往地下室的方向走去。

「你養在地下室？」少女問。

「養？」陸天期重複這個字，「是放。」

「放？」少女狐疑，某種刺鼻的藥水味道，還有腐臭的水溝味，讓她摀住了鼻子，忽然覺得有點奇怪，但她相信拉著自己的陸天期，所以跟著他來到了地下室。

陸天期驕傲地打開了鐵門，向少女展示了那些標本。

「冰箱裡面還有幾隻還沒處理，但是媽媽幫我做的排水系統很好，雖然有一點味道，可是通風一下就沒事了。妳瞧，我最喜歡這一隻，牠的毛色很漂亮，我花了好大的功夫，才讓這毛色看起來有光澤。」陸天期興奮地介紹這實驗室的環境，抱起了一隻黑貓，他當時見到這隻黑貓時，想起了小時候的陸天遙，所以二話不說便把黑貓帶回家，也不管那隻黑貓有沒有人養。

後來還在外頭看見了尋找那隻黑貓的告示單，但陸天期已經把黑貓變成永久的存在了。

「這、這……」少女刷白了臉，即便被戀愛沖昏頭，她也明白眼前的一切不正常。

白色的陸天期在她眼中不再是王子，而是恐怖的殺戮者。

「我、我要回家了……」她要冷靜才行，快點回去穿衣服，然後回家，告訴媽媽這件事情！

「妳不是說想看貓狗嗎？」陸天期將黑貓放到了少女懷中，裸著的身子碰觸到硬邦邦的動物標本，讓少女驚聲尖叫，將黑貓摔到地上。

陸天期愣住，看了一下地上的黑貓，又看了一下少女。

他清楚瞧見了，恐懼。

「為什麼？」陸天期問，他不明白不是好好的嗎？為什麼少女現在看他的雙眼，就好像那些小動物一樣？

「我要回去了，我、我要走了！」少女再次喊著，拔腿就要往樓梯上爬，但陸天期立刻關上了鐵門，有些哀怨的看著少女。

「回去以後，妳還要去上學嗎？」

少女顫抖不已，她往後退了幾步，這空間的味道讓她想吐，頓時眼睛盈滿淚水。

「回答我。」陸天期逼近她。

「本、本來就要上學……」
「我叫妳不要去，妳也會去？」
「我、我想回家……」少女哭了出來，「讓我回家。」
「為什麼要害怕我？為什麼要逃離我？」陸天期看著剛才還在他懷中巧笑的少女，現在卻畏懼著他。
「你不正常，你這個瘋子，怎麼可以殺動物，怎麼可以做成標本，你是變態！讓我回家！」少女衝上前，以為能繞過正在發呆的陸天期，打開鐵門往上逃，但是少女高估了自己的能力，也低估了陸天期的反應速度。
「媽媽，我不是變態。」陸天期從後環抱著少女，一手扣在她的脖子上，一手摀著她的嘴。「這一次，妳又要拋棄我了嗎？媽媽？」
「嗚……嗚嗚……」少女被恐懼籠罩，她不是他的媽媽，她不懂陸天期為什麼會喊著媽媽，但陸天期掉下眼淚，他所愛的人懷中，都容不下他。
「妳知道我很愛妳嗎？」
「妳傷了我的心。」

「妳是我的全部。」

「妳怎麼能夠這樣子。」

陸天期大哭，哭得像是小孩，哭得心痛。

陸天期外表雖然已經二十歲了，但是他的內心，或許永遠都是被藍宗壬染指的那天以前，那五歲的小男孩。

於是陸天期扭斷了少女的脖子，印證了陸天念的預言，他總有一天，會殺人的。

但這究竟是不可避免的必然，還是，陸天期這段成長時光，沒有受到即時的矯正？要是他明白了什麼是愛，並且接受了過去的傷痛，那或許，他並不會走到這一步。

誰知道呢？

陸天期看著裸身的少女已沒了氣息，進行了人體肢解，他將自己關在地下室，像是回到了那一年和兩個媽媽一起處理藍宗壬的回憶，他笑了起來。

無論陸無心在外如何敲門，請求，陸天期都沒有打開門，那濃厚的血腥味道，讓陸無心明白，陸天期闖了大禍。

但她，又哪來的資格責備他？

經過了兩天，陸天期終於打開了門，潔白的他渾身沾滿了血，即便如此，看起來也十分神聖。

陸無心頹喪的掉著眼淚，進到了他的實驗室，這裡血跡斑斑，但都已經乾涸，變成黏稠又噁心的印記，而地板上的少女被肢解又被縫合，嘴角和雙眼甚至被縫成微笑的模樣。

「天期啊……」陸無心哭了起來，最終，她救不了陸天念，也救不了陸天期。

「妳也要拋棄我嗎？」陸天期淡淡地說。

「不，我不會拋棄你。」陸無心轉過頭，拿起了桌上的刀子，「我要拯救你。」

陸天期知道她想做什麼，恍然間他懂了，明白了。

這或許才是他真正的歸宿，他一直追尋的，也許最後就在這把刀上。

他也許終其一生都在期盼著殺戮和血腥，但追根究柢，他或許也只是奢望有人愛，只可惜沒人教會他真正的愛了，他也沒辦法體會真正的愛。

陸天期閉上眼睛，感受不到疼痛，只感受到陸無心的眼淚與她溫暖的懷抱，刀刺入他體內的力道如此溫柔，陸天期看了一眼他最後的媽媽，他的外婆。

「這下子，只剩下妳了。」陸天期說完，便陷入了永遠的沉睡。

陸無心大叫，痛哭。

一把火燒了這裡，對外宣稱陸天期和少女私奔了，這大概是屬於他們的愛情，最美的結局。

然後她會好好地，繼續經營她的無心教，讓所有備受期待的生命，都有機會能夠誕生，讓所有家庭都能得到幸福。

她在陸天念、陸天期這邊失敗了，但或許在其他的地方，在其他人的身上，她能夠成功。

這，不也是一種母愛嗎？

＊

陸天期再次張開眼睛的時候，他正走在一片純黑的世界，而他感受到自己的左手正牽著另一隻手。

他以為是少女，或是陸天念，但當他看過去，卻見著了另一個自己。

只是對方黑髮、黑眼、黑色衣服。而看起來像是年少的自己。

在那個瞬間，他忽然明白了，他死了，而另一個他，也許是在內心深處，他本來可以成為的那個自己。

「陸天遙……」他覺得眼眶一熱，他的兄弟，那曾經的黑貓，讓他踏入殺戮的界線，他的良心。

如今，在死後，或許給了他一次的機會。

「你渴望無盡的血腥、殺戮與絕望嗎？」

空中傳來聲音，陸天期一愣，看著周遭，在不遠處，有一棟西洋建築物正閃閃發亮。

陸天期看著，那地方，真的能夠接受自己所有黑暗的一面嗎？不會像媽媽一樣，也不會像那個少女一樣，在得知以後拋棄他？

「我們這裡，充滿真正的黑暗與血腥。我們需要一個管理者。」

那棟建築物像是在對他這麼說。

「多久？」陸天期開口，而一旁的陸天遙疑惑地看著他。

「真正的管理者待在這裡的時間，是永遠。」

永遠活在一個充滿殺戮與黑暗，並且笑看他人悲慘故事之中，也不會遭人排擠和唾棄甚至拋棄的地方嗎？

陸天期笑了，淒楚地，悲哀地，卻也發自內心地，笑了。

他和圖書館有了個約定，在他的書還不到完成的時間之前，交由陸天遙來掌管這個地方。他生前來不及學到真正的愛與包容，學不會什麼叫作母愛、友愛、愛情等。

即便來到這，面對和子，他也再一次地失敗。

所以，他希望能透過他的良心，也就是陸天遙那沒被汙染的雙眼，來看那些人間悲劇，在陸天遙溫柔的筆觸下，寫下真正的故事。

他想再一次學習什麼叫作正確的愛，而當時機成熟，必須要有個人離開時，他要讓陸天遙離開，也許人的靈魂本就有良與惡，他來到這後，幸運地切成了兩部分，讓帶著純潔的善意離開，讓惡意的他留在這，寫下那些人們渴望的悲慘故事，這才是最好的安排。

故事走到這裡，陸天期的書籍也完成了。

當他在白門後說完他的故事時，他忽然發現，當年殺掉的那隻黑貓，陸天期都沒辦法確定是不是他認定的陸天遙。

這邊所說的陸天遙，是那隻黑貓，不是圖書館的陸天遙。

在圖書館的這段時間，陸天期時常會想，在擁有黑貓的那短暫時光，是他這一生中最平靜的時刻，每天都擔心黑貓有沒有吃飽睡暖，擔心牠會不會生病，告訴自己要好好照顧牠。

但最後，陸天期還是逃不了他的夢魔，殺掉了黑貓，同時也是殺掉了他最後的良知。

如果說，那一天陸天期把門關好了。如果說，當陸天期在草叢看見牠時，牠沒有抓傷他。如果說，陸天期發現那黑貓其實不是他的陸天遙。如果說，當牠抓傷他時，陸天期能明白牠是為了保護牠的孩子，就跟媽媽保護他一樣的話。

那今天，陸天期或許就不會犯下那些錯誤。

或許，陸天期就會是一個正常人。

或許，陸天期就不會來到這裡。

但這一切都只是早知道，也已經都過去了。

再次回想這一切，陸天期並不會特別害怕或是痛苦。

因為那都結束了，他現在在這裡很安全。

「我已經安全了。」陸天期看著這偌大的圖書館，還有陪伴他的白貓，「所以，我很放心。」

*

「可惡——」陸天遙用力搥打著門，只見門逐漸消失，他喘著氣，一切都發生的措手不及，他甚至沒搞清楚發生什麼事情。

但在門完全消失後，陸天遙卻恢復了記憶，一直以來，他的記憶都很曖昧，對於生前，他總是片段，他記得的，不過是陸天期的眼睛所看見的事情罷了。

陸天遙真正誕生的地點，是來到這片荒蕪之後，他睜開眼睛，便見著了陸天期。

他不太確定自己到底是陸天期分裂的那善良的靈魂，還是說真的是當年陸天期殺死的黑貓，或者是陸天期所說的，他僅存的良心。

當那扇通往圖書館的門消失後，陸天遙回過頭，那百花綻放，綠草如茵，天空有著好幾層的七色彩虹。

他不禁看傻了眼，那些離開圖書館的人，看到的就是這等美景嗎？

「陸天期，你還真是傻。」陸天遙低語。

也許陸天期害怕把一切真相告訴陸天遙後，陸天遙也會離去，如果連自己的靈魂都拋棄了自己，那陸天期也許會真正的崩潰，或是瓦解。

所以才在最後關頭，寧願什麼也不說，就把他丟出來嗎？

「啊……請問是管理員嗎？」忽然，有人喊了陸天遙，他抬頭，見到一個熟悉的人。

「徐容。」

「你還記得我呀。」徐容露出微笑，依舊纖細的她，此刻看起來卻沒在圖書館中憔悴，表情也釋然許多。

「妳怎麼還會在這？」當時的徐容，選擇了走往陰間，他以為她早就投胎了。

「因為這裡很漂亮，所以我不自覺多待了一陣子。」她輕笑了幾聲，「你又怎麼會來到這呢？」

「各種原因。」陸天遙輕描淡寫，然後發現，四周不知何時出現了許多人影，前方也出現了小徑，而遠方似乎有高樓建築，也有人群聚落。

「這裡和人間，好像沒什麼不同，甚至更美好，無病無痛、無糾結也無雜念，好像沒什麼放不開的。」她幽幽地說，「難怪這裡的人，會想要去圖書館借書呢。」

陸天遙一驚，「妳是說，在這也能回到圖書館？」

「是呀，但必須在這居住滿八百年，才能申請借閱證。不過要是身為提供故事的一員，滿五百年就能申請了，算是額外優惠。」徐容笑了笑，「但我應該等不了那麼久了，我明天就要去投胎了。」

徐容說完，搖晃了她手上發光的鐲子。

「那是投胎的識別證？」陸天遙又問。

「嗯，你剛來到這，是會待著，還是等等就會回圖書館？」

「待著。」陸天遙看了一下遠方的城市，「所以我該去哪裡？」

「到了那邊，自然會有人接待新到的人。」徐容陪著陸天遙走了一小段路，微風徐徐，氣溫宜人，「生前，我很怕鬼，聽見的陰間總是恐怖，可是現在卻發現，陰間比人間美麗、舒適，我甚至猜想，會不會是因為陰間太美了，鬼神害怕人類待在陰間不走，所以才說著陰間恐怖呢？」

「也許這裡並不是陰間。」陸天遙看著四周，完全沒有死氣沉沉，或是恐怖醜陋的怪物，也沒有什麼岩漿、瘴氣。

「我也想過這問題，或許天堂跟陰間都是同一個地方，你心在哪，你就在哪。」徐容停在小徑邊，指著前方，「往前走，應該就有人會出現了。」

「徐容，妳之前說，妳的媽媽是被鬼殺死的，真實是如何？」

「鬼，是人心。」徐容在活過那短短的人生之中，見著最醜陋與最美麗的，都是人心，當年，她眼睛裡看見的鬼，是她的媽媽因宗教的洗腦而日漸瘋狂的人心，然而她的姊姊，也確實有點問題，「我們家那時，的確有鬼，是鬼殺掉了她們。」

「我想也是。」

「如今，她們大概也都得到了平靜。在這邊最棒的是，妳遇不到不想遇見的人，而想遇見的人……因為還沒死，所以也看不見。」徐容的手鐲發出耀眼光芒，「我該走了，謝謝你將我的故事寫成了書，你知道那座圖書館，其實是個淨化之地嗎？」

「淨化？」

徐容點點頭，「我來到這裡後，聽這邊的人都這麼稱呼它。」

「淨化……利用故事嗎？」

「他把我們的故事收錄到了書本，等於儲存了我們的傷痛，讓我們的靈魂再次回到最純淨的模樣。」徐容微笑著，「那是個美麗的地方，它儲存了必要之惡，善待了我們的靈魂，這是我到過最美的良善之地。」

說完，徐容帶著美麗的微笑，消失在一片光點之中。

不知為何，陸天遙流下了眼淚，他覺得內心暖烘烘的。

「天遙！」後頭傳來了熟悉的叫喚聲，陸天遙回過頭，穿著紅色洋裝但素淨的臉龐，是陸天遙所沒見過的模樣。

「和子小姐！」他驚呼，和子撲到了他的懷中。

「我沒想到能再見到你，你好嗎？天期好嗎？」和子掉著眼淚，雙手捧在陸天遙的臉邊，仔細看著。

「和子小姐……」陸天遙一看到熟悉的臉孔，再也忍耐不了，擁抱住了和子，並且大哭起來。

像是當年剛來到圖書館一樣，和子小姐對他來說，就是一個母親。

「沒事了，別哭，別哭了。」和子安撫著陸天遙。

當和子離開了圖書館後，身為曾經的管理者，她終身是無法再踏入圖書館裡頭的，所以陸天遙也是如此。

代表他們，永遠都不會再見到陸天期。

「他要我投胎……」陸天遙哭哭啼啼地說完了陸天期的事情。「他到底在想什麼……」

「那本書現在上架了，即便我們再也踏不進去，也能看見。」

「和子小姐……看過了嗎？」陸天遙問。

和子掉著眼淚，用力地點了頭，「那本書現在在我朋友手上，你想看看嗎？」

陸天遙思考了一下，搖搖頭，「他的生前，我很明白。我有該做的事情。」

「嗯，我知道。」和子再次擁抱了這令人心疼的新生靈魂。

「天期待在那也好，他們說那是洗淨靈魂的地方，也許有一天，天期也能從那出來。」陸天遙擦乾眼淚，發現他的手腕不知何時出現了和剛才徐容手上一樣的手鐲。

「一定會的。」和子拍拍陸天遙，看著他的手鐲發出耀眼光芒。

「和子小姐，妳的手還好嗎？那隻白貓……」陸天遙注意到和子的雙手健在。

「我沒事的，就連天期當時……我也不會痛，聽說我的手變成了白貓，陪在天期身邊是吧？」和子露出欣慰的笑容，但她的眼眶依舊充滿淚水，「那大概是圖書館最大的溫柔，我和那隻白貓沒有連結，這是很可惜……可是偶爾，我會感覺到有人抱著我，就像是天期當時抱著我的溫暖一樣……」

陸天遙聽聞掉下眼淚，這樣就夠了。

「和子小姐呢？妳還會待在這裡嗎？」陸天遙的身體逐漸變成點點星光。

「我想在這裡等到天期出來，我相信有一天可以的。」和子淚眼婆娑，「況且這樣等你下一次再來到這，我也還在這，我會認出你的。」

「和子小姐，謝謝妳。」陸天遙握住和子的手，他感受到了前所未有的溫暖，「我們下次見。」

「下次見。」和子用力點著頭，直到握著她的溫熱手掌也成為了耀眼的光點，消散在空氣之中。

和子，如同她的書一樣，一切的緣分，都在死後才開始。

尾聲

在陸天期把書放到了二樓專屬於管理者的故事的書櫃時，圖書館之中頓時又充滿了來者。

「管理員，你的故事終於寫完了呀？」來者興奮地看著新的書籍。

「是。」陸天期朝他一笑。

「哎呀，我說這才是對的啊，必須得是人類的靈魂才能管理這圖書館啊！」來者笑著。

另一位來者也走進書櫃邊，「之前那穿著黑衣服的貓臉人身，我怎麼看怎麼不習慣，但行政區的人說，要我們都別提這件事情，保證是為了新故事做最好的鋪陳。」

「謝謝你們的配合，那，要借閱嗎？」

「當然要，等這本書等好久了啊！」來者興奮地拿下了《天天念念，遙遙無期》。

「那我就再借一次這一本回味。」另一位來者拿了《緣起於死後》。

「謝謝借閱。」陸天期笑。

「但可惜的是，以後再也沒有新的管理員的故事了。」來者惋惜。

「但還是會有許多人的故事，畢竟人間悲劇永遠不會停歇。」

「是啊！想到總是有許多故事能看，就覺得很高興呢。」

「有人過得很慘，讓我們更能珍惜自己的幸福。」

「但看了這麼多人間悲劇，讓我短時間內不想投胎，人間真是太可怕了。」

「就是這樣陰間才會人口超載。」

「再怎麼樣都比到人間受苦好吧，人間是修行啊。」

來者們此起彼落說著，而這時，樓下傳來了開門的聲音。

「有人在嗎？」

陸天期淺笑，這麼快就來了新的說故事的人了嗎？

「期待你寫出的第一本故事。」

「是呀，你的靈魂帶著血光，能寫出更加重口味的內容吧？」來者們低聲討論，消失於四周。

喵～

白貓像是在幫陸天期叫不平一般，

而陸天期抱起白貓，往樓梯下走去。

一個穿著制服的女孩站在圖書館大廳，小心翼翼地東張西望。

「歡迎。」陸天期輕聲，渾身白皙的他，看起來像是地獄中的天使一般。

「妳要提供什麼樣的故事呢？」他笑著說。

圖書館，存在於另一個世界，死後的靈魂都可以成為來者，到那去借閱真實發生在人間的故事。

而將那些人間悲劇化為白紙黑字的人，統稱圖書館的管理者。

往年，圖書館的管理者每一段時間就會換人，但現在，他們有了永久的管理者，是一個即便說完了故事，卻還是沒有離開的靈魂。

他殘暴又破碎，是個有瑕疵的靈魂，而他唯一的良心，代替了他，轉為純潔的靈魂，帶著他的期望，轉世到了人間。

如果沒有意外，終其一生，他永遠不會再見到他的良心，因為他的良心會綻放人性最美的光輝。

而也許有那麼一天，在圖書館的他，能從別人的故事之中，聽見關於他良心的影子。

希望到時候，那是一個美麗的故事。

—全文完—

後記

美麗的故事

終於陸天遙三部曲在這邊完結啦！

這絕對是我目前寫過最ＯＶＥＲ的一本了，一度很擔心會不會沒辦法過稿，當我一邊和家人提出第三集的內容時，家人皺眉說：「會不會太誇張啊？」

我當時也有點擔憂，覺得好像有一點，但又覺得應該是還可以。

結果，就在交稿的一個禮拜後，卻看到一則新聞，報導中兩個孩子第一次被染指的年紀，甚至比我書裡所寫的還要輕。

當下立刻轉文給編輯，告訴她：「現實永遠比小說誇張。」

所以，當我們認為小說的故事實在是太扯的同時，也許更該珍惜自己平凡卻又幸福的生活。

你覺得太扯的事情，在別人的人生可能是現實。

回到故事裡頭，終於在一、二集裡頭所埋下的哽，在第三集都有個交代了，雖然我想把後記寫得讓還沒看書的人也不會被爆雷，但是發現這樣真的太難寫了。所以我決定開始說第三集的內容囉，還沒看過書的你別再看下去了，不然這樣會少一些樂趣唷。

那我就開始了。

到了最後，老師這位角色都不算是「實際」的出場，她變成了一個「指標」般的存在，而她的內心是否真的無心了？

她只是有了更崇高的理想，只是那不被世人接受罷了。

在故事裡頭，無論是陸天念或是陸天期最後的想法，到底真的有問題的是人性本質，還是環境造就？

陸天期是否真的無可救藥？在他二十年的人生之中，難道真的沒有可以挽回的時機過嗎？

而陸天念和陸無心最後的做法，你們又認同嗎？

她們不也像是呂家琪一樣，做了一個母親最痛苦的選擇嗎？

如果提到世界上最偉大的愛，母愛一定是其中的選項之一，然而所有的愛與情感，都可能扭曲，而我們每個人所認定的愛也都不同。

母愛亦然。

也許有些人會覺得，殺了孩子，怎麼會是愛？

有些人覺得，幫孩子隻手遮天，才叫作愛。

然而什麼又叫愛？什麼又是母愛？

每個人各有答案，在真實遇到抉擇之前，對於紙上談兵，人人都可以是諸葛孔明。

而故事到了最後，發現陸天遙甚至不能算是「主角」，反而是陸天期成為鮮明的存在。

在寫陸天期的時候，我總覺得很悲傷。他走上這樣的路，好像也是預料之中，然而又回到陸天期最後那些疑問，他真的沒有能改變的時機嗎？

其實是有的啊，有好多時候、好多機會，他都可以改變的。

但更多時候，我們都抓不到那時機，在更多時候隨波逐流，是容易一些的。

最後一本的後記，想多講一些，但又覺得該說的，我在書裡都說完了。

書裡寫到許多角色的自問自答，以及一些疑惑等，那些話語如同以往我寫作的習慣，偏向希望大家去思考。

每個人的生長環境、家庭背景、價值觀都不同，你們對這故事想表達的東西以及意義，都會有不同的理解。

就我來說，陸天遙事件簿，是悲傷卻又溫暖的故事。

他們的共同點都來自於家庭，都起源於愛，卻也毀於愛。

愛，必須用對方式，才能成為溫暖人心的救贖。

然而什麼是對的方式？

那似乎也沒有正確的答案。

答案都在你們心中，願那也是一個，最美麗的故事。

國家圖書館出版品預行編目資料

陸天遙事件簿③：天天念念，遙遙無期 / 尾巴著 .-- 初版 .-- 臺北市：平裝本． 2019.12 面；公分（平裝本叢書；第 498 種）（＃小說；06）

ISBN 978-986-98350-3-9（平裝）

863.57 108019662

平裝本叢書第 498 種
＃小說 06

陸天遙事件簿

③天天念念，遙遙無期

作　　者—尾巴
發 行 人—平雲
出版發行—平裝本出版有限公司
台北市敦化北路 120 巷 50 號
電話◎ 02-27168888
郵撥帳號◎ 18999606 號
皇冠出版社（香港）有限公司
香港上環文咸東街 50 號寶恒商業中心
23 樓 2301-3 室
電話◎ 2529-1778　傳真◎ 2527-0904
總 編 輯—龔橞甄
責任編輯—謝恩臨
美術設計—王瓊瑤
著作完成日期— 2019 年 9 月
初版一刷日期— 2019 年 12 月

法律顧問—王惠光律師

讀者服務傳真專線◎ 02-27150507
電腦編號◎ 571006
ISBN ◎ 978-986-98350-3-9
Printed in Taiwan
本書定價◎新台幣 260 元 / 港幣 87 元